心に風が吹いてくる

青春文学アンソロジー

高山実佐
東直子
千葉聡
編

三省堂

目次

❀はじめに❀

親や先生に読み聞かせてもらうことを卒業して、初めて一人で本を読んだときのことを覚えていますか。子ども部屋で、リビングのお気に入りの場所で、または図書館の隅で、あなたは本に顔をうずめるようにして熱心にページをめくったことでしょう。本を閉じると、もう夕暮れが迫っていて、今まで、現実とは少し違う、本の中の世界に心を遊ばせていたことに気づくのです。

「今まであまり本を読んでこなかったなぁ」という人もいるかもしれません。それでも、本の背表紙のタイトルに興味をもったり、ふと開いたページの数行が目に飛びこんできたりという経験があるのではないでしょうか。

小説やエッセイや詩歌には、読者を別世界へと誘う力があります。書店で手にした本の冒頭に心ひかれたり、国語のテストに出題された小説の続きが気になったりした人は多いと思います。文学作品には、読者をぐいぐい引き付ける魅力が詰まっているのです。

この本には、若い人たちに読んでもらいたい文学作品を収録し、それぞれに解説とブックガイドをつけました。『青春文学』と銘打ってありますが、本来、文学には年齢制限はありません。この本は、青春文学に心を寄せる大人の方々にも、きっとお楽しみいただけることでしょう。なぜなら誰の心の中にも、少年少女だったころの自分が、今も生きているのですから。

さあ、一緒に別世界の扉を開けてみましょう。

二〇一八年　六月　二十三日

高山実佐
東　直子
千葉　聡

装幀・本文レイアウト　金森大宗
装画　東 直子

第1章

友よりも

～友情を胸に

雲を雲と呼びて止まりし友よりも自転車一台分先にゐる

澤村斉美(さわむらまさみ)『夏鴉(なつがらす)』

一度だけみんなそろって月を見る過去と未来の一コママンガ

五島 諭(ごとうさとし)『緑の祠(ほこら)』

花びらは破れやすかりひらがなの名をもつ友のみんなやさしく

松村由利子(まつむらゆりこ)『鳥女』

おはようが勿体(もったい)なくて部活中うなずきあってあいえば冬

藤本玲未(ふじもとれいみ)『オーロラのお針子』

少年時友とつくりし秘密基地ふと訪ぬれば友が住みおり

笹 公人(ささきみひと)『念力家族』

トマト・ケチャップ・ス

東直子（ひがしなおこ）

「では次、次は、えーっと、漆原（うるしはら）さん、漆原依理（いり）さん。三分間スピーチをお願いします」

はい、と睫毛（まつげ）を伏せたまま依理が立ち上がった。依理の斜め後ろに座っている葉（よう）は、長い髪をひっかけてあらわになった依理の左耳を見つめる。

「将来の夢。漆原依理」依理は背骨が完全に身体の中心になるように、すっと前に立った。肩甲骨の少し下までのびた長い髪の毛先が、さらりと揺れた。

「この先、自分になにができるのか、なにがやりたいのか、三分間スピーチで将来のことを話すという課題が与えられてから、ずっと考えてきました。考えているうちに、その可能性は無限大にあるようで、実はすでに、とても限られているのだということに気づかされました」

なめらかに語ったのち、依理は一呼吸ついた。

そのとき教師の眉がかすかに上がったことに気づき、依理はその顔を射るように見た。

教師は目をしばたたかせた。
「勉強は、将来の可能性を広げるためにあるのだと思って、自覚的に取り組んできました。私は時間をかければそれなりに結果の出る勉強というもののおもしろさを楽しみました。しかし、だんだんある種の空しさも感じはじめていました。試験の結果がよければ気分もいいし褒められる。でもそれはあくまで私一個人の中で完結できる問題でもあります。勉強する生活を続けていくだけで長い将来の時間を、たった一人だけで生きていくことはできません。長い人生において、与えられた問題を解くだけでは、可能性は広がらないのではないかと感じたのです。あらかじめ答のわかっている問題を解くだけでは、なにも広がっていかないのではないかと。新しいことはなにも生まれてこないのではないかと思うのです。

私は考えました。人間に生まれたからには、人間にしかできないことを人間として果たしたい、と。そうして考え至った私の計画は、一人だけではなしえません。協力者が必要なのです」

依理は、葉の方をちらりと見た。葉は片方の口角を上げて、ゆっくりとまばたきをする。まばたきに応えるように、依理は顎をかすかに下げた。
「人間らしさとは、どこにあるのか。私は、声を上げて笑うことができるということではないかと思い至りました。笑うという感情は、実はたいへん高度なものです。さらに、意図的に他者を笑わせることができるのは、人間にしかできないことだと思うのです。私は、今、一人の人間として、高度な感情表現である笑いというものを追求してみたいのです。この学校を卒業するまでに、私は、人に笑いを与える方法の一つである漫才を極めたいと願います。漫才は、通常一人ではやりません。誰かと協力しあって成果を上げるのです。そのことも、実に人間らしい行動だと思います。私の考えに賛同できる人に、私と一緒に漫才ユニットを組んで下さる人を、この高校の、このクラスから募りたいのです。同じ教室を分かちあう、一種の運命共同体としてここにいるみなさんのうちの誰かと、一緒に笑いの活動をしたいのです」

依理の黒目がちの瞳が、サーチライトのようにゆっくりと教室を見渡した。サーチライトが照らす先に、ひそひそと言葉を交わしながら顔を見合わせる数人がいる。

「はい」

澱んだ空気をかき消すように、葉が右手をまっすぐにのばした。右の腕が右の耳たぶを押している。

「私、山口葉は、漆原さんの笑いを追求する志に大いに共感し、心動かされました。よって漫才ユニットで一緒に活動する一人に、立候補いたします」

「ありがとうございます」

依理が深く頭を下げると、教室からどよめきと溜(た)め息が起こった。

「ということなので、どうぞよろしくお願いいたします」葉はすっと前に出ていき、くるりと回転すると依理の真横に立った。

日ごろからいつも一緒にいる二人が一緒になにかやろうとしていること自体に違和感を覚える人間はいない。しかし、頭脳明晰(めいせき)にしてルックスもいい二人が、なぜ今漫才ユニットを組もうとしているのか、にわかには理解しがたく、皆戸惑(とまど)っていた。ふざけて、あるいはちょっとした思いつきでそんなことを言い出しているようにも見えない。依理も葉も、滅多(めった)なことでは感情を表に出さず、つねにクールにふるまっており、このときも冷静なその表情をくずすことはなかったのだった。

「私たち二人でコンビを組んでもいいのですが、できればもう一人に参加してもらって、トリオでの活動をしたいのです」

依理の白い顔が、教室の蛍光灯の下で人形のようにしずかな笑みを浮かべる。

「人間が三人集まれば、最小単位の社会が形成されます。協力しあって成果を上げるという目的を果たすために、必要な条件だと考えます」

教師は、足を組んで唖然(あぜん)としたまま言葉を発しない。この子の真意はよくわからないが、優等生のやることはとりあえず見守ってみようかな、というスタンスだった。しかし上に組んだ足が、意思とは関係なくせわしげに揺れていた。

ゆったりと教室をひとめぐりする依理の視線が、ゆなと目が合ったとたん、ぴたりと止まった。完全に人事（ひとごと）だと思ってぼんやりしていたゆなの目が、大きく開く。依理の、掌（てのひら）を上に向けた腕がまっすぐにゆなの方を向く。

「連翹（れんぎょう）ゆなさん。あなたにお願いします」

「え？　あ？　え？」ゆなは、自分の顔を人さし指で指した。「それ、うち？　漫才の、もう一人が、うちって、こと？」

「連翹ゆなさんは、他におられませんよ、ここには」一葉が、教室の一番奥の壁に当たるような、よく通る声を発した。

促（うなが）されるように、ゆなが口を半開きにしたままおずおずと立ち上がる。

「連翹さん、世界で一人だけのあなたが、私たちには必要なんです。私たちに、あなたの時間を少しわけてくれませんか」依理がにっこりと笑う。「できれば今、ここに、前に、出てきてほしいのですが」

「え、は？　いや、でも、これ、三分間スピーチって、漫才のメンバー決めるためのものとは、ちがうんちがう？」

「急を要する案件は、〝ちがうんちがう〟と思われることを、越えられるんです。とにかく、一度前に出てきてもらえませんか、連翹ゆなさん」葉もゆなに向けて手をさしだす。

はあ、と生返事をしたあと、ふらふらと前に出てきたゆなの手を、葉が取り、自分たちの前に立たせた。依理がゆなの両肩にそっと手を置く。

「ユニットの名前も、もう考えてあります。〝トマト・ケチャップ・ス〟です。なぜこの名前にしたのか、理由と呼べるほどの理由はないに等しいのですが、一応言えることとしては、エネルギーあふれるハイティーンのイメージカラーにちなんでいるということです。すなわち、赤です。私がトマトで」依理が葉に目線を送る。「私が、ケチャップ」葉は言いながらゆなの肩にかけている依理の手の上に自分の手を重ねた。葉の耳元で依理が舌先にせーの、と極小さな合図を送る。二人は声を合わせる。「この子が、ス、です。三人合わせてトマト・ケチャップ・ス。これからどうぞよろしくお願いいたします」

二人はゆなの頭頂部に片手を移動させて頭を押さえながら深くおじぎをした。

「え、え、あの、うちまだやるとか一言も……」

ゆなのうめくような声は、教室にわきあがった笑いと拍手によってかき消された。

「なんで、なんでなんで、うちなん？」

つま先の前にある床の丸いしみを見つめながら、ゆなは、なんでなんで、と何度もつぶやいた。

拍手なんてして。うちの気持ちなんて、誰も考えへんと、拍手、なんてして。なんて安いんや、みんな。

ゆなは顔を上げる。自分がもしあっちに座っている側だったらでも、やっぱりあんなふうに野次馬顔で拍手したんやろな。友達と呼ばれる人間って、案外残酷なんやな。

ゆなは、ふっと意識が遠のいていくような気がした。すると顔の筋肉がゆるみ、その表情は、外からは笑っているようにも見えた。

「よかった、連翹さんに承知してもらえて」依理が笑みを浮かべる。

やっぱりこの人、かわいい顔してはるわ、と依理のことをゆなは思う。そのそばで、葉が鋭い視線を投げかけている。この人もこんなきれいな顔で、なんでうちなんかと一緒になにかやろとか思うんやろう。うちを、うちをどうしたいんやろ。

「なんで?」ゆなはやっと大きな声を出すことができた。「なんでうちなん?」

教室が一瞬しんとなり、直後にわきたつような笑いに変わった。

笑いたいんや。そうや、うちのことを笑いたいんや。うちがこの人たちと漫才なんかしたら、そりゃあ笑えるな、立ってるだけで。うち、アホやから。うち、美人やないから。合法的にうちのことバカにして、笑って、楽しいんやな。

思いながら、ゆなの身体の芯が熱くなってきた。身体じゅうに力が入り、肩がせり上がった。

「そんなに力まなくても、普通にしてるだけでええのんよ」依理がゆなの肩の上の掌に少し力を入れる。

「普通にしてるだけで、アホやから?」涙目の瞳をきっ、と見開いて依理を見た。「だいたいうちだけなんで〝ス〟やの? 一文字やの? おかしいやん」

えっとそれはやね、となだめにかかる葉をふりはらって、ゆなは早足で教室を出ていった。

「あ、あ、あれ? 連翹さん、どこへ?」

うたたねから目を覚ましたばかりのようにおぼつかない表情で、教師はゆなの後を追おうとする。その時、授業終わりのベルが鳴った。

「あ、あら、あら。えー、発表の途中ですが、今日の授業はこれで終わりにします」

教師は手を振って教室を出ていこうとした。廊下へ出るところで振り返り、依理の顔を見た。依理は、淡い笑みを浮かべたまま、教師にまばたきを返した。


『トマト・ケチャップ・ス』(講談社文庫)より部分掲載

トマト・ケチャップ・ス

もっと読みたい

依理、葉、ゆなの三人は漫才トリオ「トマト・ケチャップ・ス」を結成し、高校の文化祭での公演を目指す。まだ恋を知らない優等生の依理は、厳格な母との関係で悩んでいた。葉の父は家族に暴力をふるい、ゆなの母は突然、病に倒れてしまう。作中には、少女たちが心の支えにする石原吉郎の詩や、少女たちが舞台で披露する漫才の台本が織り込まれている。悩みをかかえながらひたむきに突き進む依理たちに寄り添ううちに、読者は、詩や漫才など、言葉で表現することの面白さに気づくだろう。何度も読み返したくなる一冊である。

　東直子は「好きだった世界をみんな連れてゆくあなたのカヌー燃えるみずうみ」などの短歌で知られる歌人でもある。『とりつくしま』は、死んだあとで扇子やリップクリームなどにとりついて、いとしい人を見守る魂たちの不思議な物語集。『いとの森の家』は、大自然の中で命の重みを学ぶ少女の姿を描いた自伝的小説である。（千葉）

もっともっと読みたい

東直子『さようなら窓』（講談社文庫）

眠れないきいちゃんのために、恋人のゆうちゃんは、謎めいていて、不思議に胸にしみるお話を聞かせてくれた。若い二人の千一夜物語。

佐藤多佳子『しゃべれどもしゃべれども』（新潮文庫）

二十六歳の今昔亭三つ葉は、二ッ目止まりの落語家だ。頑固で短気な三つ葉のもとには、なぜか変わった弟子入り志願者がやってきて……。

アン・ブラッシェアーズ／大嶌双恵 訳『トラベリング・パンツ』（KADOKAWA）

女子高生の仲良し四人組。夏休み、メンバーの誰がはいてもぴったりの不思議なジーンズに導かれ、四人は新たな恋や友情を体験する。

桐島、部活やめるってよ

朝井リョウ

キャプテンの桐島が突然部活をやめる、ということを顧問から聞かされたバレーボール部の男子たちは、動揺する。桐島のポジション「リベロ」を受け継ぐことになった「俺」(小泉風助)は……。

桐島は「やめた」のかな。
もう一度噛み砕いて考えてみると、なんだか自分の周りのことすべてが不安になってきた。今まで当然のように立っていた場所が、よく見たら深い井戸の底だったような、そんな気持ちがした。「部室ちゅーももう見れんのかー」「してねーよ！ てかまだ別れてねーよ！」すべてが他人事のように動いていくの中で、筋肉が伸びてくれない。ストレッチに力が入らない。

俺が試合に出るということは、桐島がいなくなるということなんだ。どうして今更、どんと、その事実が重さを持ったんだろう。

「あ、風助ー」

振り向くと、孝介(こうすけ)からぽんと何かを投げられた。それを識別できないまま、反射でキャッチする。本当にもう少しで試合が始まるという場面でも、孝介はいつでも孝介を保っている。後輩は二階でそわそわしているし、ベンチはベンチでやたらともも上げをしている日野が見える。

俺はぽかんとしたまま白いテープを持って突っ立ってしまった。

「貼って」

ニカッ、て、いつもならここで聞こえるのにな、と俺は頭の片隅で思った。「ここ、ここ」と、孝介は、人差し指でとんとん、と自分の背中を指した。番号4の下には、1とは違いテープをはがした痕(あと)がないから、どこに貼っていいかなんとなく心もとない。

桐島、と思った。一瞬。

ぴりり、といつものように適当な長さまでテープを伸ばす。粘着剤が糸を引いてねばるので、指先に力を込める。リベロ以外の選手は、白地のユニフォームだ。白地のユニフォームに白いテープを貼ったとしても、やっぱり目立たない。だからこのキャプテンのテープは黒地のユニフォームに貼るべきなのに。

「どしたん？」

動きが止まった俺を察したのか、孝介がぐわりと首を反らせた。なんでもねーよキャプテン、と、テープを貼ってから思いっきり孝介の背中を叩いてやった。いってえー！　という悲鳴とともに、予想以上にいい音が出て気持ちがよかった。

ユニフォーム越しに触れた孝介の筋肉は、やっぱり桐島のそれとは違った。あの弾力でないと、うまくボールをすくうことができない気がして怖くなる。

マネージャーはいつものように背を丸めてスコアブックに向かっていた。選手のジャージがきれいに畳まれて、不安定に積まれている。相手チームのことはよくわからないけれど、とりあえず平均身長はかなり高い。確実に俺達よりも高い。リベロにあの身長のやつを持ってくるかよ、と俺は観察する。ライトは絶対鋭いスパイクを決めてくるだろう。レフトもふたりとも安定している。レシーブも苦手じゃなさそうだ。

落ち着かなくなった心臓をやさしく撫でてやるように、俺はボールを触った。両手の人差し指と親指できれいに二等辺三角形を作って、てのひらをやわらかく使いながら直上トスを繰り返す。それでもやっぱり落ち着かない。レシーブをしたい。誰かがばしんと打ったボールをきちんと返して、それを自信にしたい。
こういうとき桐島はいつも何をしてたっけ、と考えようとして、いつも桐島に向かって
ボールを打ち続けていた自分の姿を思い出した。

いつまでも耳の中に残るようなホイッスルのあとで、頭上をボールが通っていった。こ
ちら側からサーブが飛んでいくのは久しぶりのことだった。
あのライトが前衛にあがってきたときは、なかなかローテーションが回らない。鋭くク
ロスにもストレートにも決めてくるし、ていうかレフトが思ったよりもうまい。ブロック
を読んで完全に打ち分けてくる、ストレートに打ち込まれたときは全く反応できない、ど
うにか拾ったとしてもうまくセッターに返らない、ツーで返しても相手にとってはチャン
スボールになってしまって、
サーブがネットを越えて相手コートに吸い込まれていく。
スイッチして俺は腰を低くして構える、けっこういいサーブだと思ったが向こうのリベ
ロがきれいに取ってセッターに返す、セッターのジャンプトス、レフトに、違うライトが
ブロック遅れたやっぱり高いガラ空きだストレートいや違うここでクロスに、
あ、

孝介が思いっきり飛び込んでいく姿が見えた。ボールの下部を撫でるようにして相手ライトが放ったフェイントが、スロー再生でも見ているかのようにゆっくり落ちていった。俺の腰はいつの間にか完全にあがりきっていて、ただその場に立っているかのようになってしまった。なんでフェイントって、こんなにきれいにふんわりと落ちていくように見えるのだろう。目ではゆっくりとボールが見えるのに、硬く堅く構えていた体は、一回きゅっと筋肉が停止したように動けなくなるのだ。

バンバンバンバン、と、ペットボトルが激しく音を立てる。相手チームの応援ゾーンが花火のような勢いで歓声をあげ、なにやら動いているのが見える。

とりあえず点数は見ないようにしている。こっからこっから！　と孝介が大きく両手を叩く。声ないよ！　とマネージャーの怒声が飛んでくる。落ち着いて一本一本！　日野がかすれた大声を飛ばす。全部ちゃんと聞こえているけど、全部活かせない。

頭の中で、俺はいつだって正しく動けていた。いつだって桐島よりほんの少しだけ速く足を動かして、セッターにきれいにレシーブを返せていたんだ。息だってそんなにあがらないし、ネットぎりぎりのフローターサーブにも動揺しない。両腕でしっかり面を作って、できるだけ大きな面積でボールを受け止めて、ボールの衝撃を膝(ひざ)でごっそり吸収して、やわらかく、ビーッと強い音がして、フローターサーブが飛んできた。しっかりとボールを見つめるが、ネットを越えたあたりでふらふらと軌道が揺らぐ。あぁ、やっぱりそうなんだ。来るな来るなと思っていると、必ず、ボールは自分のところへ飛んでくる。スピードもある、すごくいいフローターだ、しかも苦手な左寄り、焦って腕を少し動かしてしまう、左腕に嫌な感覚が走る、ボールが大きく左へ逸(そ)れて飛んでいく、ごめん、と思う、二段二段！　と誰かわからないが叫んでいて、同時に相手チームからチャンスーと聞こえてくる、ごめん、と思う、本当にごめん、と思う、前衛のレフトが必死にライトへとトスを飛ばす、ダメだネットに近い、やっぱり距離も足りなくてライトは打ち込めない、相手のチャンスになる、頭の中をレシーブに切り替えたときに、相手セッターがいつもより高めに飛ぶのが見えた、

あ、

コートのど真ん中にゆっくりとボールが落ちる。

ツーアタックを決めたセッターを囲んで、相手チームが声をあげる。バンバンバンバンバンバンバンバンバン、ペットボトルの叩きつけられる音が壁を弾いて跳ねて飛びまわる。

一番、俺が、動かなくちゃいけなかった。俺はいつもチームの後ろにいて、一番コートを見られる位置にいるのに、

バンバンバンバンバンバンバンバンバンバンバンバン
みんなが動けないようなときに、俺も一緒に動けないいんじゃ、俺がリベロでいる意味が
ない、ああいうボールこそ、俺がきちんと処理しなくちゃいけなかった、
バンバンバンバンバンバンバンバンバンバンバン
コートの中で、どんどん自分だけがぽんと浮いている気がしてきて、体が強張る。俺が
一番、全員を見られる位置にいるんだ、ちゃんと指示だって出さないと、今日ブロックの
枚数ちゃんと言ったか？　ジャッジ声に出してしたか？
バンバンバンバンバンバンバンバンバンバンバンバン

「風助！」

肩に入っていた力がふ、と抜けて、すとんと地上に落とされた気がした。声がした方を向くと、みんなが顧問を囲んで立っていた。まだコートの中にいたのは俺だけだった。タイムアウト？　いつの間に？　俺は混乱したまま、すいません、と言いながら小走りで顧問のもとへ向かう。別にもうペットボトルの音もうるさくなかった。

俺はここで初めて点数を見た。七点差で、相手チームが二十点の大台に乗ったところだった。その点差分、七つのミスはすべて自分のミスじゃないかと、心臓の縮む思いがする。

顧問の声に耳を傾けながら、ところどころで頷く。聞いているだけで、

本当のところ、言っていることはひとつも頭に入ってきていない。今までの自分の動きを頭の中でもう一度再生する。かつて目の前の桐島よりも速く正確に動けていた頭の中の俺は誰だったんだろう、俺はそんな動き、全然できていないんだ。

桐島の、低い低い姿勢のレシーブフォームを思い出す。いつだって思い出すのは、後ろから見る桐島の姿だ。

オオーッと、相手チームから大きな声が聞こえた。円陣がぐんと一瞬縮まったのが見えた。主審が時計を気にしだしている、もうすぐタイムアウトが終わる、ダメだ、全く気持ちの整理がつかないままコートに戻ることになってしまう、このままじゃまた、

「リラックスリラックス」

とんとん、と右肩を叩かれた。日野は、アクエリアスの入ったカップを俺の頰(ほお)に当てていた。スッと肌に染(し)み込んでいく冷たさに、我に返る。

「どこがダメやった?」

カップを受け取る前に、俺は日野にそう聞いていた。不安な気持ちが固まってそれが声になってごろりと現れたみたいだった。日野は少しびっくりしたようだったが、俺から目を離さなかった。

「どこがダメやった?」

言いながら思った。

〈どこがあかんかった？〉

タイムアウトのたびに俺に意見を求めてくる桐島の気持ちが、アクエリアスより速くじつくりと、体内を巡って染み込んでいろいろな部分を繋（つな）げていく。

「いつもより構えが全然カタいって」

確かに桐島はリベロで、まあ俺もリベロで、チーム全員を一番よく見られる位置にいるけれど、

「もっとやわらかく構えろよ。反応がいつもよりマジ遅え」

だけど、本当に一番チームをよく見られる位置にいたのは、

「いつもみたいにぴょんぴょんコート飛び跳ねてから構えろ！　リラックス！」

ベンチにいた俺だった。

らしくねーぞ、と言って日野は俺の背中をバシンと叩いた。それが合図になったかのように、主審が時計から目を離し、思いっきり息を吸い込んで笛をくわえた。

桐島はキャプテンで、絶対的なリベロで、チームをまとめる力があった。

ビーッと長く重い笛の音の余韻を取っ払うように、選手たちがコートへと戻っていく。

孝介は手をパンパン叩きながら、こっからこっからー！　と声をあげてから、ごつごつし

た両てのひらを両膝にあててネットを貫くような視線で相手チームを睨(にら)んでいる。俺はアクエリアスの残りを喉(のど)に押し込んだ。

　桐島は、選手を、コートを誰よりも見られる立場でプレイしていたけれど、

　俺も小走りでコートに戻って、相手チームをゆっくりと眺めた。背が高い、動きも速い、攻守どっちもしっかりしている、だけどとりあえず七点分の土台を俺が固めようと思った。相手チームのひとりがエンドラインで首を回している。副審がサーバーにボールを渡すと、サーバーはバシンバシンとボールをコートに叩きつけ始める。

　その桐島も含めてチームを見ることができたのは、俺だった。

　桐島には、俺にしか言えない意見があって、桐島はその意見をいつも聞きに来ていた。

　ホイッスルの後に、たくさんの人の声が重なって、いーけ、という合図を奏でる。その音に合わせて、サーバーは精一杯広げたてのひらをボールに押し当てる。きっといいフローターサーブが飛んでくるだろう。だけど俺はいつものようにぴょんぴょんコートを飛び跳ねていた。桐島が戻ってくるまでは俺がボールを繋ごう、と思いながら、膝を思いっきり曲げて飛び跳ね続ける。足に力を込めた分だけ、俺は動ける。頭の中で動いていたみたいに、きっと、動ける。ボールがネットを越えたあたりで、膝のバネをやわらかく、やわらかく、と意識して低く低く構えた。軌道をふらつかせながら向かってきた無回転のボー

ルからの衝撃を自分の中へと吸収させる。ふわりと宙へ返っていくボールの軌道を俺は見つめた。

『桐島、部活やめるってよ』（集英社文庫）より部分掲載

桐島、部活やめるってよ

もっと読みたい

戦後最年少の二三歳で直木賞を受賞した作者のデビュー作。早稲田大学在学中に書かれた小説で、第二二回小説すばる新人賞を受賞し、吉田大八監督、神木隆之介主演により映画化されるなど、大きな話題を集めた。

桐島が突然部活をやめる、ということが物語の発端だが、桐島本人は作中に登場しない。同じ高校に通う同級生の男女五人がそれぞれ主体となる短編が連なるオムニバス形式を取っている。桐島が部活をやめる理由は次第にわかってくるが、それが小説の主眼ではなく、各話の主体となる人物の心理描写が中心である。誰かの友達は、誰かのチームメイトで、誰かの恋人に、誰かが片思いをしている。野球部、バレー部、ブラスバンド部、映画部と、いろいろな部活に所属する面々が絡み合う青春の群像劇でもある。戸惑いやすい十代の心が、フレッシュな時代感覚あふれるセリフ回しから生き生きと伝わる。それぞれの境遇の下で賢明に模索する一人一人が愛おしい。（東）

もっともっと読みたい

朝井リョウ『チア男子!!』（集英社文庫）

晴希（はるき）と一馬（かずま）。柔道ひとすじだった二人は、それぞれの事情から柔道をやめ、なんと大学で男子チアリーディングを始めることに！

あさのあつこ『バッテリー』（KADOKAWA）

父の転勤で岡山に引っ越してきた巧（たくみ）は、名ピッチャーになるためにトレーニングに打ち込んでいた。そこに、野球への情熱を抱く豪（ごう）が現れる。

川端裕人（かわばたひろと）『銀河のワールドカップ』（集英社文庫）

花島は元Jリーガー。サッカーセンスをもった小学生たちと出会い、彼らのコーチを引き受け、全国大会をめざすようになる。

つきのふね

森 絵都

「ふたごみたいね」と声をかけられることが嬉しくて同じポニーテールにしていた中学生の「あたし」（さくら）と梨利。その梨利を大好きで、追い掛けていた勝田くん。以前、三人はいつも一緒だった。


「なんだこいつら」

背後から急に秋江の声がした。

ハッとふりかえると、中庭の小径に静香たちがずらりとせいぞろいしている。これからノルマを届けに行くらしく、全員ぱんぱんの紙袋をさげていた。

「また勝田か」

あざけるような声をあげたのは静香だった。

「おまえ、百万回ふられてもこりないんだって？」

ほっとけ、とそっぽをむいた勝田くんのわきをげらげら笑いながら通りすぎていく。あたしのことは完全に無視。秋江たちも静香に従いぞろぞろと共同玄関へむかっていく。

梨利は一番うしろからふし目がちにやってきた。あたしと勝田くんのことを意識していて、でも絶対見ないようにしている。青いＶネックのセーターに細身の黒いパンツ、といういでたちのせいか、またさらに体の線が細くなった気がした。

「梨利」

気がつくと、あたしは梨利の名を呼んでいた。

そんなつもりはぜんぜんなかったのに、口が勝手に動いていた。

「梨利」

ざわっと風が夜気を乱して、みんながあたしに注目した。

静香たちも、となりの勝田くんも、そして……。

梨利がゆっくりとあたしをふりむいた。

七十七日ぶりにあたしたちの目が合った。

心なしか梨利の目はにごっていた。

「帰って」

と、梨利は言った。静かだけれど強い響きで、

「さくらにはもうなんにも関係ない」

ゆらめく地面の上で瞬（まばた）きひとつできないまま、あたしはこのときたしかに、しばらく死んだ気がする。

「帰ろうか」と、耳もとで勝田くんがささやいたのはおぼえている。それからもう一度「帰れるか？」と、ややたよりなげにきかれたのもおぼえている。だいじょうぶ、帰れる、ひとりにさせて、ばいばい。ぎこちない片言で言い残し、勝田くんから逃げるように歩きだしたところまではうっすら記憶に残っていて、でもそれから自分がどこをどうたどってあの場所に行きついたのかは、まったくおぼえていない。

停止していた頭が徐々に動きだしたのは、いつもの騒がしい国道から２０１号室の暗い窓を見あげたときだった。智（さとる）さんはまた電気をつけないで仕事をしている、目に悪いから明かりをつけなくては……と自分の役割を思いだしてようやく、ほんの少しだけ平常心にもどれたのだ。

だけど結局、明かりはつけなかった。

赤い目を智さんに見られたくなかった。

「どうしたの？」

下をむいて隠してたのに、玄関の扉をあけた瞬間から、智さんはあたしの様子がおかしいことに気がついたようだった。夜の八時。こんな時間に再びやってきたこと自体、すでにおかしかったのかもしれない。

あたしはなにも言わずに靴をぬぎ、奥の和室へと足を進めた。

部屋の空気はひんやりと乾いていた。

闇に沈んだ座卓にはいつものノートが広げられていて、ちらっと目をやるなり、あたしは「え」と眉をよせた。

智さんはいつも2Hの鉛筆でそうっと、そうっと愛でるように線を描く。なのにそこに見える宇宙船は、まるで力ずくでぬりつぶされたように黒々としていた。線も粗く、輪郭もでたらめだ。あまりにもいろんなものをつめこみすぎて破裂した船みたいだった。

「これ、どうしたの？」

あたしがきくと、智さんは苦笑して、

「なんでもない、ちょっとあせってやけになっちゃっただけ」

「ほんと？」

「うん。それよりさくらはどうしたの」

「あたし？」

「なにがあった？」

あたしはゆっくりと智さんを見あげた。それから衝動的に、洗いざらしのシャツを着たその胸もとに額を押しあてた。両手を腰にまわしてきゅっとしがみつくと、智さんはあたしの背中に左手をあてて、右手で頭をさすってくれた。

智さんの掌（てのひら）は優しかった。

呼吸はおだやかで、性欲は感じていないようだった。

「智さん」

「なに」

「宇宙船ができたら……」と、あたしはぼんやりつぶやいた。「そしたら、あたしも乗せてくれる？」

「もちろん」

智さんは快く受けいれてくれた。

「みんな乗るんだよ。さくらも、尚純（なおずみ）も、全人類も」

智さんは全人類を快く受けいれようとしている。

「ほんとにみんな？」

「みんなだよ」

「いい人も、悪い人も？」

「うん」

「罪をかさねた人も？」

「うん」

「裏切り者も？」

「裏切り者？」

寒い夜に毛布をたぐるように、あたしはひときわ強く智さんの体にしがみついた。

「親も教師もなんだかあてにならなくて、だから友達だけだったの」

「……」

「ほんと言うと友達もあてにならなくて、だから梨利だけだったの」

「この前言ってた……」

「そう。たぶん梨利も同じだったと思う。同じようにあたしのことあてにしてくれてたと思う。なのに……」

言いながらあたしは玄関のほうへと顔をむけていった。

「勝田くんも中できいて」

数秒後、玄関の扉がぎしっと音を立て開き、ばつが悪そうに勝田くんが顔をのぞかせた。

「よくわかったな」

あんたの行動パターンは読めている、というふうにうなずいてから、あたしはもう一度
「きいて」とつぶやいた。

「あの日、あのスーパーで梨利を裏切ったのは、あたしのほうなんだよ」


思いだすといまだに右手が冷たくなる。

裏切る気持ちは、誓（ちか）ってなかった。

なのに右手が裏切っていた。

裏切り――。

勝田くんは以前、「ふたりで万引きをしてたのに、さくらだけが捕まって梨利は逃げた。それで気まずくなったんだ」と言っていた。けれどその推論は外れてるだけじゃなくて、ナンセンスだ。だって梨利が逃げたのはごく当然のことなのだから。

ふたり以上で万引きをする場合、「たとえ自分が捕まっても、ほかの子は巻きこまない」という約束があたしたちのグループにはあった。捕まった子だけがすべてを引きうける。仲間は売らない。チクらない。それは万引きの基本であり、鉄則であった。そしてもしか

したら、年中つるんでいながら心はばらばらだったあたしたちを結ぶ、唯一の絆であったかもしれない。

あのころ、万引きのしすぎでものの価値もお金の価値もわからなくなっていたあたしたちが、ただひとつ、これは大事だとはっきり思えたのがその約束だったのだ。

「なのに、あたしがそれをやぶったの」

つぶやくなり、あたしは智さんからはなれて壁に背をあて、ずずっと畳の上にしゃがみこんだ。

思い出す。あの日。あのスーパーのあの棚。フィルムをつぎつぎと鞄に押しこんでいたあたしのひじを、ふいにうしろからつかんだ髭づらのへび店長。「なにしてるんだ⁉」。耳もとでどなられた瞬間、ぐねっと視界がゆがんで、現実と悪夢のひずみにつきおとされた気がした。万引きなんてたいしたことじゃない、ブルセラで下着を売ったり街で自分を売ったりしてる子に比べればかわいいもんだと思ってたのに、捕まったとたん、急に怖くなった。捕まることがあんなに怖いなんて思わなかった。

「おまえも仲間か？」

へび店長の声にびくっとふりむくと、一メートルほど先で梨利も全身を硬直させていた。まさにへびににらまれたカエル状態で、逃げだそうにも足がすくんで動けずにいる。恐怖にひきつった下まぶたを今も忘れない。

「仲間なのか？」

へび店長がいかつい声ですごんだ。

いいえ、と梨利がふるえる声で否定した。

いいえ、とあたしも梨利をかばうはずだった。

なのにこの喉が、声が、右手が、全身が梨利を裏切っていた。

「梨利！」

金切り声でさけぶなり、あたしはへび店長の手を払って梨利に突進していたのだ。

気がつくと、あたしの右手は梨利の細い手首をつかんでいた。ありったけの力できつく握りしめていた。魂がぬけたように放心していた梨利は、やがてぴくんとわれにもどって顔をあげ、とても悲しそうな目をあたしにむけて、それから「キャーッ」と悲鳴をあげた。獣に襲われた少女みたいに、全力であたしの手をふりはらって、逃げだした。

ほんのつかのまの出来事だった。あたしが考える力をとりもどしたとき、すでに梨利の姿はなく、あたしを取りまいていたのは白い目をした店員たちだけだった。

あたしは呆然と自分の右手を見おろした。

ものを盗んだその手より、梨利をまきぞえにしようとしたその手がうらめしかった。

それ以来、梨利が静香たちの陰に隠れるようにあたしを避けるようになったのは、だから当然の話なのだ。

「わかった？　だからあたしと梨利は、もう前みたいな友達にはもどれないんだよ。あたしが梨利を……傷つけたから」

あたしの告白が終わっても、智さんと勝田くんの反応はなかなか返ってこなかった。おたがいの距離さえおぼろげな薄闇の中では、ふたりがなにを思い、どんな表情をしているのかもわからない。やがて智さんがのそっと腰をあげて退室し、数分後に台所からミルクコーヒーのにおいが流れてきた。

智さんに逃がしてもらったあの日、絶望的な思いで初めて口にしたミルクコーヒー。あれだけ落ちこんでいたのに、それでもあのとき「おいしい」と思った。

「いざってときに人間がなにするかなんて、そんなのだれにもわかんねえよ」

と、そのかぐわしいにおいをかぎながら、勝田くんがぼそっとつぶやいた。

いざとなったらわからない。たしかにそうだろう。そんなものだろう。

だけどあたしはがっかりした。

とても自分にがっかりした。

智さんの手からミルクコーヒーを受けとった瞬間、そのあたたかな湯気に誘われるように、どっと涙があふれてきた。あたしはマグカップで顔を隠すようにして泣いた。声をあげずに泣きつづけた。

花や草木に憧れるのは、人間がいやになったからじゃない。

あたしは、あたし自身がいやになったんだ。

『つきのふね』（KADOKAWA）より部分掲載

つきのふね

もっと読みたい

「このごろあたしは人間ってものにくたびれてしまって、人間をやってるのにも人間づきあいにも疲れてしまって、なんだかしみじみと、植物がうらやましい。」と語り始める「あたし」（さくら）は中学二年生。万引きで捕まって以来、梨利と避け合うようになり、グループからの無視も続く。興味をもった相手に対し、尾行や張り込み、待ち伏せをものともしない勝田くんだけは、梨利とさくらを心配し続ける。万引きした店の店員で、逃がしてくれた智さんは、静かに微笑んで人の話をおっとり聴く普通のときと、人類を救うために宇宙船を描く世界に没頭するときがあり、日増しにそのずれは大きくなっていった。ついに、梨利とグループは警察の事情聴取を受ける。かつて梨利は、「ちゃんとした」高校生、大人になれるのか、「ちゃんと生きていけるのか」と泣いたという。中学生ならではのひとりだけの思い、未来を恐れる思い、大切な人とつながりたい思いが渦を巻く。（高山）

もっともっと読みたい

森絵都『カラフル』（文春文庫）

死んだぼくは、天使のはからいによりこの世に戻される。自殺しようとした真という少年の体にホームステイすることになるのだが……。

住野よる『君の膵臓をたべたい』（双葉文庫）

高校生の僕は、クラスメイトの桜良の日記を拾ってしまう。そこには、桜良が重病にかかっており、あと数年で死ぬと書かれていた。

メリーナ・マーケッタ／神戸万知 訳『アリブランディを探して』（岩波書店）

ジョセフィンは大学受験を控えている。人から決めつけられることを嫌う彼女の前に、今まで会ったことのなかった父が現れる。

一瞬の風になれ

佐藤多佳子

「俺」（神谷新二）は春野台高校陸上部の一年生。同じく陸上部員の一ノ瀬連は、中学時代から頭角を現していた天才的なスプリンターだが、きつい練習が苦手だ。他校との合同合宿の夜、連が逃げ出してしまう。

深夜の二時だ。街灯と街灯の間は相当に暗い。脇の林は真っ黒けだ。月が出ていて良かった。闇に目が慣れてくると、月明かりで林の木々の輪郭も見えるようになってきて、風に揺れる枝や幹がすげえ気味悪い。空気は冷たい。最初は早足で歩いていたけど、だんだんジョグみたいに走り出した。なんか恐いんだよ、こんなとこ一人で歩いてるとさ。不安になってくるし、連のこと。

ヘンなとこ入りこんで道迷ってるんじゃねえか、怪我したり事故にあったりしてないか。

このへん熊なんていないのかな？　大丈夫か？

なんで、出て行ったりしたんだ？　体調悪かったし、練習めちゃめちゃハードだし、本郷に集中的にいじめられたし、食いたくない飯食わされたし……。でも、逃げ出すまでのことか？　そこまでイヤなのか？　どうしても耐えられないのか？　きついのは、みんな一緒だ。そりゃ俺なんか連より体力あるから、連ほどきつく感じてないのかもしれないけど。

俺は逃げるのは嫌いだった。つらければつらいほど、きつければきついほど、障害がデカければデカいほど、絶対に逃げたりしたくない。打ち負かされて、倒れてもくたばっても、それでも逃げることはしたくない。逃げる奴は嫌いだ。連が逃げる奴なんて考えたくもない。心配と怒りで胸が煮えたぎっていて、筋肉の痛みを忘れていた。

深夜練、ジョグ二十分。身体は鉄塊のようだ。体力の限界までトレーニングしてるのに、追加ってどうよ？　あの馬鹿も、リュックしょって、こんなとこトボトボ歩く気力体力あるなら、あと一日半、手抜きでもなんでも練習できるだろうが……！

携帯がピロピロ鳴って、俺はギャッと悲鳴をあげてしまった。

「もしもし」

「ああ、俺、どう？」

「なんもいない」

「こっちも、まだいない……」

いきなり電話がブチッと切れた。電波わりぃな。もう十分たったのかな。時間の感覚がなくなる。一度足を止めて連の携帯にかけてみた。不通。どこにいやがるんだ。あと十分走ったら、電波なくなるかもしれない。

走るのしんどいなあ。もうやめようかな。歩こうかな。こっちのほうには来てねえよな。根岸（ねぎし）はまだ発見してないのかな。どこにいやがるんだ、あの馬鹿野郎。

次の街灯の下に何かある！

リュック？

ダッシュして近づいた。

連のリュック？　間違いない。

でも、あたりに人影はない。なんで、リュックだけで、持ち主がいないの？　何があった？

「連！」

大きな声で呼んだ。

「れーん！」

あたりを見まわす。耳を澄ます。いまいましいほど静かだ。林のほうでサワサワいうのは風の音。根岸に電話する。通じてくれよ。通じた！　すぐにそっちに行くから一人で林に入ったりするなと根岸は重ねて注意した。わかったと答えたものの、じっとなんてしてられない。俺はリュックのあった道から真っ暗な林のほうにじわじわと分け入った。暗い。今は月が雲間に隠れているから、どうしようもなく暗い。木のにおいが強くなる。ひんやりしてこうばしい夜の林のにおい。手さぐりで、ゆっくり歩く。足元がちょっとすべる感じがする。踏んでいるのが落ち葉か草か？　夜露(よつゆ)に濡(ぬ)れていたりするのか？

「連！」

「連！」

何度も呼んだ。必死で耳を澄ませて、何か気配を感じとろうとした。生き物の気配。人間の気配。

「れーん！」

いないのか？　あいつ、リュックが重くて捨てていったわけじゃないだろうな。ありそうなことだ。こんな林にわざわざ入っていく理由なんてない。

「れーん！」

なんだか急に泣きたくなった。胸がキリキリする。あいつ、どこにいるんだ……。

「連！」

「新二？」

声はびっくりするほど近くから聞こえた。

俺は驚きのあまり足をすべらせて尻もちをついた。声の方向に目をこらす。闇の中にぼんやりと輪郭が見える。地面に寝転がっている人間の輪郭のような。

「連？」

人影がゆっくりと上半身をもたげた。

その時、月が雲間から現れて不思議なくらい、あたりが明るくなった。連はなんだかぼんやりしたような顔で俺を見ている。俺もしばらくぼんやりしてしまった。怒りや不安が一時的に消去されて真空になったみたいに。

「何してんだ？」

やっと、ため息のように質問を吐き出した。

「寝てたみたい」

連は小さな声で答えた。

「なんで……？」

「小便したくなって。林に降りてしてたら、なんか変な声がするのさ。ギェーっていうかケーンていうか。鳥みたいな狐みたいな。なんだろうなって思って行ってみたら木の根っこにつまずいてコケてさ、足ひねった。捻挫やっちまったかなって転がってたら寝ちまったみたい」

思ったより普通の話だった。

「すげえ変な声なんだ。大きな声でさ、化け物みたい。何なんだろうな、あれ」

連は言った。

「やっぱ狐かな。このへん、いるんだよな」

こいつは、いつも、こうだ。頭の中は自分の興味のあることだけ。マイペースにも場合ってもんがある。三歳のガキじゃあるまいし。脱走した自分を追いかけてきた友達に何か言うことあるだろうって。

あんまり腹が立つと、言いたいことが言えなくなる。

「新二」

連はいつもの声で言った。

「星がすげえよ」

星ィ？　空がパチンコ屋の電飾みたいでも、俺は見る気もねえよ。

「寝ころがったら空しか見えないじゃん。月が隠れると、すげえな、星。いつも見えないだけで、ほんとは、こんなにあるんだよな。ってか、もっとあるんだよな」

尻もちをついたまま地面に座っていた俺の視野からは木々の梢越しの空。黒い空。白い点のような無数の星。見ないつもりが、つい見ちまった。

「新二？」

「新二？」

うるせえ。

「新二、泣いてんの？」

「新二？」

「うるせえっ」

俺は拳で涙をぬぐって怒鳴った。

ガサガサと音がして連が近づいてきた。俺は泣き顔を見られたくなくて顔を膝につけた。連は黙っていた。すぐそばにいて、あいつがただ困っているのがわかった。口なんてきいてやらねえ、もう一生。

「俺は、おまえがみっともないのはイヤなんだっ！」

自分の股間に向かって叫んでいた。

「そういうのは絶対イヤなんだ。俺がみっともないより、もっとイヤなんだっ」

こんな泣き声でしゃべりたくない。

「逃げるな。一番みっともねえ」

連は何も言わなかった。

二人でずっと黙っている間に、月がまた雲間に隠れ、連が言っていたような奇妙な動物の鳴き声が遠くに聞こえた。闇の中で俺は顔をあげなかった。やっと涙が止まった頃、道から根岸の呼び声が響いてきた。


『一瞬の風になれ　第一部――イチニツイテ――』（講談社文庫）より部分掲載

一瞬の風になれ

もっと読みたい

新二は中学三年まではサッカーに打ち込んでいた。兄の健一はプロから声がかかるほどのサッカー選手。いつか兄のようになりたいと思っていたが、天才を兄に持つ重圧から新二はサッカーをやめ、高校入学後、根岸に誘われたことをきっかけに陸上部に入る。熱血なのかいい加減なのかよくわからない顧問の三輪先生、才能はあるのに練習嫌いの連、仲間思いの根岸、そしてひたむきな瞳が印象的な谷口若菜。個性豊かな人々に囲まれ、新二は陸上部でランナーとして必要なことを学んでいく。

読者の中にも、部活を頑張っている人がいるだろう。練習はつらい。成果はなかなか得られない。人間関係も大変だ。そんな中高生に、この小説を読んでもらいたい。ここには若者が味わうさまざまな喜びと、誰もが直面する現実のつらさが誠実に描かれており、若い日々を思い切り駆け抜けるための勇気を与えてくれる。『黄色い目の魚』などで知られる佐藤多佳子の代表作である。（千葉）

もっともっと読みたい

佐藤多佳子『夏から夏へ』（集英社文庫）

世界で闘える才能とは？ 08年北京五輪でメダルをめざす男子リレー日本代表チームに密着した、胸が熱くなるノンフィクション。

東野圭吾（けいご）『魔球』（講談社文庫）

春の選抜高校野球大会。エースの須田武志は「魔球」を投げた。その後、チームメイトは刺殺体で発見される。野球をめぐるミステリー。

石田衣良（いら）『4TEEN』（新潮文庫）

中学生のナオト、ダイ、ジュン、テツローが体験する友情、喧嘩（けんか）、初めての恋愛、そして人生の悲しみ。十四歳の成長を瑞々（みずみず）しく描く。

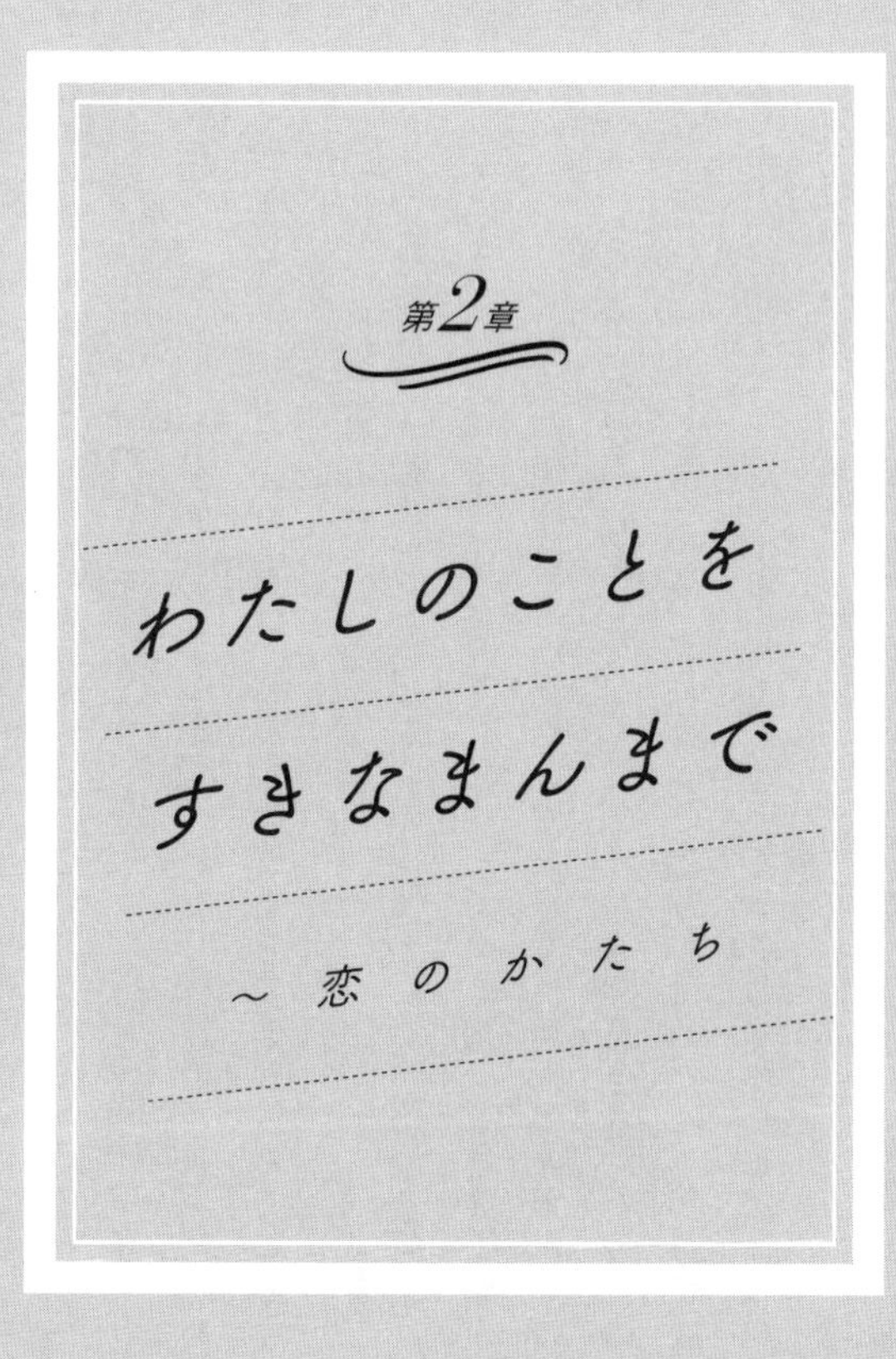

第2章

わたしのことをすきなまんまで

～恋のかたち

夢やうつつ

最果(さいはて)タヒ

「わたしをすきなひとが、わたしに関係のないところで、わたしのことをすきなまんまで、わたし以外のだれかにしあわせにしてもらえたらいいのに。わたしのことをすきなまんまで。」

土曜日はしんだふりの練習をして、花畑を何重にもつみかさねた実験場で、ゆっくりとしずんでいきたい。うすくらがりのなかでみる花束が想像以上にきれいでなくて、美人のともだちのかおが、暗闇ではほとんど美しくなくて、けっきょくきれいだったのは光だけだったんだと思った。言い残したこともないのに、深海ではいきものがくちをぱくぱくとさせて、泣いているね。わたしはきみたちのきもちを知っているよ。

遅くでいいから、愛してほしかった。わたしがしんでも、わたしが目の前に永遠にあらわれなくても、愛してほしかった。どこかでラッパの音がする。きみのほほに風がたどりつく。そのとき、どこにもいない、知らないわたしのことを、ぎゅっとだきしめたくなるような、そんな心地に一生なって。愛はいらない、さみしくないよ。ただきみに、わたしのせいでまっくろな孤独とさみしさを与えたい。

『死んでしまう系のぼくらに』

スコーレNo.4

宮下奈都

　もうすぐ一学期が終わるというのに、中学校には慣れることができない。あっちも嘘、こっちにも嘘。全然ほんとうの匂いがしない。息を吸っても吸っても肺の底まで酸素が届かない感じがする。学校にいる間、だから私は息をひそめて不機嫌をなだめている。学校では何かが起きそうなのに、実際には何も起こらない。いいことも、悪いことも、どかどかやってくるくせに、あちこち踏み荒らしてあっという間に通り過ぎていく。後には何も残らない。通り過ぎるまでは、おへそに力を込め、脇をしっかり締める。これで防御の体勢だ。降りかかる火の粉も、うろつく感情の波も、皮膚の内側まで入り込むようなことはない。

　今日はクラスの垣内という男の子宛てのラブレターが教室に落ちていて騒ぎになった。垣内くんは運動のよくできる、背の高い子だった。女子に人気があるのは知っていた。手紙には差出人の名前がなかったらしく、誰が落としたのか、噂が噂を呼んだ。そのうちに手紙は心ない男子の間を引っ張りまわされ、文面が大声で読み上げられ、筆跡を調べられ、最後は教室後ろの掲示板にまで貼られた。

早く引き取ればいいのに、と私は垣内くんの背中を斜め後ろの席から見ていた。関わらないほうがいいと思ったし、関わるつもりもなかった。垣内くんは険しい顔をして、手紙はおろか、掲示板のほうを一度も振り返らなかった。

そのうちに、私のおへそのあたりがむずむずしはじめた。不機嫌が増殖していくのがわかる。私は垣内くんの背中を睨(にら)む。自分のために心を込めて書かれた手紙が教室で公開されていたら、それを引き受ける度量ってものが必要なんじゃないか。教室のどこかでみんなと一緒になって差出人探しに興じるふりをしているほんとうの差出人のことはともかく、あの手紙をそのままにしていいはずがない。力を込めているはずのおへそが動き出すような感じがする。カカワルナ、カカワルナ、とささやく声が聞こえる。それでもおへそが疼(うず)くのだ。

私は立っていって掲示板から手紙を剝(は)がした。クラスじゅうの視線が集まるのを感じた。その手紙を垣内くんに乱暴に手渡すと、垣内くんが驚いたような目で手紙と私を交互に見た。

「津川(つがわ)か、それ書いたの」

「津川だったのか」

周囲から声が飛ぶ。

「違うよ」と私は言った。

「手紙が不憫だから取っただけ」

それでも面白がって「津川か」「津川は垣内が好きなのか」と囃す声がする。女子も遠巻きにする感じでひそひそ話している。垣内くんは最後まで黙っていた。

何も起きない日々にしては、まあ波があったほうだ。ちゃんと私は母の言いつけを覚えていた。早く帰る、早く帰る、と口の中で唱えると、垣内くんもクラスの目も手紙ももうどうでもよかった。

ホームルームが長引いた。終了と同時に帰ろうとすると、教室の外で真由が待ちかまえていた。小走りに近寄ってきて、袖を引く。

「ちょっとだけ、つきあって」

「ごめん、今日あんまり時間ないの」

「帰りながら、ちょっとだけでいいから」

なんの話だろう、と思う。垣内くんの手紙のことだろうか。真由のクラスまでもう伝わったんだろうか。返事をしないでいると真由は横目で窺うように私を見、グラウンド、と小声で言う。

「グラウンド？」

今度は口の形だけで、サッカー部、と言う。あ、と思った。サッカー部の、ええと、名前も忘れてしまった、きっとあの公園を走っている子の話だ。雨が続いて、あれ以来ジョギングは延期になったままだ。今日は久しぶりに晴れたと思ったら、梅雨が明けたかのように太陽が近い。

面倒だった。断るのとどっちが面倒だろう、と思っているうちに、ちょっとだけ、ちょっとだけけん、と繰り返す真由に引っ張られる。たぶんこのくねくねを断るほうが面倒だ、と覚悟を決める。

薄暗い玄関で内履きを脱いでいたら、去年真由が熱を上げていた黒田くんのことを思い出してしまった。黒田くん、今頃どうしてるだろう。成績がよくて私立に行った、ちょっとおじさんくさい子だった。私はちっとも好きじゃなかったけれど、真由が黒田くんのくの字も言わなくなった今は、なんだか懐かしいような気がしてしまう。黒田くん黒田くんって騒がれて、中学が分かれただけで見向きもされないなんて、やっぱり、なにもかも過ぎて忘れられていくんだな、と思う。

「まだぁ？」

いちばんわからないのは、と真由の上気した顔を見て思う。その浮かれ具合だ。好きな子ができるとそれだけでそんなに楽しいのか。その子の顔を見たがったり、その子に手紙を書きたくなったりして、それがそんなに楽しいのか、ということだ。

校舎を出たら、陽射しが強くて景色が白っぽかった。グラウンドに風が吹いている。五、六歩先に行った真由が振り返る。

「早く早く、こっちこっち」

自転車置き場の脇を通って校舎の陰（かげ）からグラウンドを見る。砂埃（すなぼこり）の立つ中を、野球部が走っている。

「もうちょっとこっち来ないと見えないって」

真由がじれったそうに急（せ）かすけれど、足が前に出にくい。こんな光と風の中を、太陽に向かって歩くなんて、間違っている。間違いに気づかない真由も、間違っている。間違っているのに真由はいつもよりはしゃいでいる。白いブラウスの背中が、うんと遠くに感じられる。グラウンドにはあんなに大勢いるのに、と思う。その大勢の誰からも、目の前の真由からも離れたところを私はひとりで歩いているような、ぽつんと離されているような気がする。

真由は渡り廊下の隣の花壇のところでグラウンドを眺めている。近づくと、興奮気味に目を大きく開いて振り向き、大げさに手招きをする。鞄（かばん）を持っていないほうの私の腕をつかむ。かすかにライムのコロンが香る。あの人、と真由が小さく指した先にはサッカー部の一団がいる。

「グラウンドのほう向いてる、今ボール蹴（け）ろうとした人」

体操服の、似たような男子が何人もグラウンドの縁（へり）にいる。グラウンドのほうを向いている人とこちらを向いている人は入り交じってしじゅう動いており、白いボールが彼らの中を飛び交って、まぶしい。どれが誰だか見分けがつかない。

「ほら、今、歩いていって、きゃっ、こっち向いたっ」

真由はどんっと私の背中に体当たりするようにぶつかる。きっと恥ずかしさのあまり身を隠したつもりなのだ。私はぶつかられた拍子によろめいて前に押し出される。顔を上げたとき、ちょうど笛が鳴り、一団がグラウンドの中程へ走って出ていくところだった。

風が止まった。野球部の掛け声が消えた。どうしてだろう、と私は思っている。どうしてわかったんだろう。真由が指した相手がどの子だったのか。「今、歩いていって、こっち向いた」のは、他の子とは見間違えようのない子だった。たとえば目立つとか、たとえばかっこいいとか、たとえばドリブルがうまいとか、そういうことじゃない。ただ、彼がわかった。私はびっくりした。あれが真由の中原（なかはら）くんか。

黙って立っているしかなかった。声の出し方を思い出せなかったから。私の背中につかまっていた真由が横にまわり込んできて、背伸びをし、グラウンドの中程を見やりながら弾んだ声で言った。

「ね、見えた？　中原くん、かっこいいでしょ」

「見えなかった」

私は自転車置き場のほうへ歩き出した。

真由の甘ったるい声が追いかけてくる。

「もうちょっとだけ見ていこうよぉ」

一度振り返って、またね、と手を振った。自分がどんな顔をしているのかわからない。真由から一秒でも早く遠ざかるように、目を合わせずに済むように。

自転車は後から無造作に停められた数台に挟(はさ)まれて、すぐには引き出せなかった。前輪に突っ込んでいた隣の自転車を退け、反対側の一台も退け、ようやく鍵を外すことができる。雨除(よ)けになっているトタン屋根から自転車を押して出て、サドルに跨(また)がったときに突然、蝉(せみ)の声が束になって降ってきた。わ、しゃわー、と声が落ちてくる。蝉がしゃわーと鳴いた、それだけのことに私はうろたえている。蝉の声を初めて聞いたような気持ちになってしまったから。新しい、鮮やかな場所へ突然踏み出してしまった戸惑(とまど)いで、誰も見ていないのに顔を上げることができない。コンクリートが焼けている。自転車のタイヤが軋(きし)む。棕櫚(しゅろ)の葉が太陽を映して光り、目に突き刺さるみたいだ。

見慣れたはずの町を自転車で走りながら、すばやく瞬きを繰り返す。町の風景が急に極彩色で迫ってくるようになってしまった。一軒一軒の家に、走る車のクラクションに、いちいちピントが合うようになってしまった。神経のエナメルが剝(は)がれ、感覚器官が剝(む)き出しにされたような感じだった。

グラウンドで見たものを、おそるおそる思い出す。思い出そうとしなくたって、さっきからもう何度も思い出してしまっている。そうだ、ただの、体操服の、男の子だった。真由の好きな男の子。信号で止まっている間、グラウンドを駆けていった背中が目に浮かんできて、気がつくとまた青信号が点滅している。急いでペダルを踏み込みながら、あ、そうか、と思っている。まぶしかったから。あの子のゼッケンに太陽が反射してたから。だから特別に見えたんだ。そうだ、そうだ、と私は思っている。なんだ、そうか、と思っている。そんなわけないでしょ、と思っている。じゃあなんなのよ、と思っている。何度も通ってきた道を、迷子になりそうな心許(こころもと)なさで走っている。心臓が勝手に早打ちしていて胸が苦しい。

あの子は、水色なんだ。水色の印象に不思議なくらいあてはまっていた。白に合わせたいと思った、淡いねずみ色と並べたら最高だと思った、くすんだ水色。水色だから目を引かれた。それがわかって私は満足した。そうか、水色か、それなら特別に感じたって不思議はないな。でもすぐに満足の嵩が減る。私にとって特別な水色が、真由には何に見えるんだろう。私だけじゃない、真由にもわかる何かがあの子にはある。しかも、と思いついて私は自転車のサドルから腰を浮かす。立ったまま勢いよく漕ぐ。そのままのスピードで角を曲がると、電信柱に腕を擦りそうになった。家の前で急ブレーキをかける。しかもだ、先に見つけたのは真由だ。

　自転車を停め、黙っていよう、と決めた。あの子を特別だと感じたことを、真由にも、自分自身にも。黙っていればそのうち通り過ぎるだろうと思うことにした。男の子を見て、時計の針が止まったような気がしたことも、息が苦しくなったことも、葉っぱの輝きや蝉の鳴き声が急に肌に触れるくらい近く感じられたことも、それらなにもかもがわけもなく愛しく思えたことも。

『スコーレNo・4』（光文社文庫）より部分掲載

スコーレNo.4

もっと読みたい

自由気ままにふるまう妹・七葉(なのは)を見るたび、「私」(津川麻子(あさこ))は自分がつまらない子だと感じていた。クラスになじめない麻子が、中学校で初めて感じた、「中原くん」へのあこがれ。彼は、好きになってはいけない人だった。しかし、夏祭りでばったり彼を見かけてしまった麻子は、彼に関する意外な事実を知ることになる。

この小説には、不器用だが誠実に生きようとする麻子のさまざまな気づきが書かれている。中学校、高校、大学、そして就職。誰もが生き方を学ぶ四つのスコーレ(学校)での出来事を通して、麻子の成長を描いている。

宮下奈都は、ひたむきな若者の人生に寄り添う作家だ。『メロディ・フェア』は、化粧品販売員となった主人公が、人をきれいにすることにやりがいを見いだすようになるまでの物語。『羊と鋼(はがね)の森』では、音楽を愛する人たちに見守られ、ピアノの調律師として成長する純朴な青年を描く。

(千葉)

もっともっと読みたい

宮下奈都『よろこびの歌』(実業之日本社)

有名な音楽家である母との関係に悩む玲は、女子高になじめなかった。だが、合唱コンクールをきっかけに、玲は変わり始める。

村上しいこ『うたうとは小さないのちひろいあげ』(講談社)

高校生になった桃子は、短歌を詠む「うた部」に入る。魅力的な先輩。不登校になった親友。仲間たちの思いを受け、桃子はうたを詠む。

ジェン・キャロニタ/灰島(はいじま)かり、松村紗耶(さや) 共訳『転校生は、ハリウッドスター』(小学館)

ハリウッドのトップアイドル、ケイトリン。普通の高校生にあこがれる彼女は、ある日変装して、友達の通う高校に潜り込む。

賢者の皮むき

山田詠美

とび抜けて容姿の良い山野舞子のことを、「ぼく」（時田秀美）は「手を抜いてないなあ」と思っている。彼女の、可愛いと思わせるための努力や自然体を装った媚が好きになれないのだ。だが、友人の川久保は、その山野舞子に告白する決意を固めたと「ぼく」に告げる。


「放課後、彼女はいつも、バスケ部の練習を見に行ってたけど、もう、それもないと思う。だから、おれは、彼女が教室から出るとこを見はからって、ちょっと話があると言って引き止めるのだ」

「がんばれ」

「時田、おまえも一緒に行くんだぜ」

ぼくは、自分自身を指差して、信じられない思いで川久保を見た。

「なんで？」

「おれひとりじゃ彼女は恐(こわ)がって泣いてしまうかもしれないだろ」

「泣くもんか!? あの女、仲本とつき合ってたんだろ。あいつ、相当、やり手だぜ。色んな女と寝てるよ。そういう男とつき合ってた女が、おまえの告白ぐらいでびびるかよ」

川久保は、ぼくの肩に手を置き、下を向いて、満足そうな表情を浮かべた。

「時田くん、そういうきみだから、ぼくは信用出来るのだ。きみになら、彼女を取られる心配をしなくてもすむ。彼女に対する認識の違いが、ぼくをして君を選ばせたのだ。解(わか)ってくれるね、時田くん。だーってさ、おれが、もしふられた場合、他の奴らだと、しめたと思うに決まってるじゃん」

そりゃ、そうだ。と、いう訳で、ぼくは、川久保の告白につき合う破目(はめ)になってしまった。友人がふられる現場を目の当たりにしたくはなかったが、少しばかり興味もあった。山野舞子が、どのように手を抜かずに、川久保に向かい合うのか見てみたかったのだ。

ところが、放課後になり、山野が教室を出るのを見届けた段階で、川久保は、情けないことを言い出した。勇気が、どうしても出ないから、ぼくに、彼の気持を伝えて来て欲しいと言うのだ。

「冗談じゃないぜえ。ぼくが、あの子、嫌いなの知ってるだろ」

「お願いだ!!　一生のお願いだ。時田さまさま。おれ、なんか緊張し過ぎて、腹が痛くなっちまって。来週一週間、なんでも言うこと聞くからよ。昼飯もおごる。マックでも、ウエンディーズでも、モスでも、森永ラブでも何でもおごる」

そういうものばかり食ってるから、肝心な時に力が出ないのだ、とぼくは言いたかったが、あまりにも情けない川久保を見ていたら断る訳にも行かなくなってしまった。彼は、本当に下痢をしそうになっているらしく、冷汗をかいていた。立った髪の毛が元気なだけにいっそう憐れに見える。ぼくは、教室を走り出て山野舞子を追いかけた。

ぼくは、息を切らして、山野を呼び止めた。彼女は、長い髪を振り払いながら、立ち止まり、ぼくを見た。

「山野さん、あの、ちょっと話あるんだけど、いいかな」

山野は、困惑したように、目をぱちぱちとさせた。通りがかりの女生徒が、ぼくたちを見て、くすくすと笑いながら目配せをした。

「ここじゃなんだから、ちょっと、場所替えていい?」

「別に、ここでもすむ話なんだけどな」

「皆、見てるわよ」

気が付くと、本当に、通る人が皆、ぼくたちを見て内緒話をしていた。ぼくは、山野の少し後をついて、誰もいない通路まで歩いた。中庭の見渡せる静かな場所だった。

「へえ、ここ紫陽花(あじさい)が綺麗だね」

「話ってなあに？　時田くん」

ぼくは、川久保の気持を話した。もちろん、友人として、彼が、どんなに良い奴かを二割程、余計に付け加えるのも忘れなかった。

山野は、柱に寄りかかり、髪を指で弄(もてあそ)びながら、ぼくの話を聞いていた。

「悪いけど、私、川久保くんとはつき合えない」

ぼくは、やはり、というように頷(うなず)いた。可哀相(かわいそう)な川久保。まあ、しかし、ぼくは、やるべきことはやったのだ。ぼくは、肩の荷が降りたように感じて、その場を去ろうとした。

「待ってよ、時田くん」

ぼくは、目で山野に何か用かと問いかけた。

「私が、どうして、川久保くんとつき合えないのか尋ねないの？」

「いや、別に、ぼくの知ったことじゃないし」

「ひどい」

山野舞子は、睫毛(まつげ)を伏せて唇(くちびる)を噛(か)んだ。ずい分、長い睫毛だなあ、とぼくは、その下に出来た影を見て思った。確かに彼女は美少女だ。それは認める。しかし、その下で噛まれた唇に演技があるとぼくは感じた。白い小さな歯は、計算されたように唇を押している。媚(こ)びているじゃないか、こいつ。ぼくは途端に不快になった。ぼくは、衝動が肉体を動かすのと、作為が肉体を使うことの間にある差というものに非常に敏感な自分に、その時、気付いた。

「時田くんて、意地悪だと思う」

何故だ!?　もしやぼくは、彼女に媚を売られているのではないのか。

山野は、伏せていた睫毛をゆっくりと上げた。それと同時に、足許(あしもと)にあった彼女の視線が、ぼくの体の上を移動して来た。彼女の瞳が、ぼくのそれをとらえた時、ぼくは驚いて目を見張った。彼女の睫毛は、涙で縁取(ふちど)られていたのだ。

「ど、どうしたんだよ」

「時田くん、冷たいよ」

「ぼくが?　どうして?」

「私の気持に気がつかない」

「なんだ、そりゃ?」

山野は、首を傾けて、ぼくを見上げた。眉(まゆ)が、せつなそうにひそめられていた。完璧(かんぺき)だ。

ぼくは、そう思った。山野の後ろには、雨上がりの中で揺れる紫陽花が咲き乱れ、彼女の顔を青白く見せていた。そのせいか、瞼(まぶた)の縁の赤みがいっそう引き立ち、彼女は、文句なしに可憐(かれん)だった。

これなら、どんな男も夢中になるだろうと、ぼくは思った。彼女のすべては、無垢(むく)な美しさに満ちている。けれど、この世の中に、本当の無垢など存在するだろうか。人々に無垢だと思われているものは、たいてい、無垢であるための加工をほどこされているのだ。白いシャツは、白い色を塗られているから白いのだ。澄んだ水は、消毒されているから飲むことが出来るのだ。純情な少女は、そこに価値があると仕込まれているから純情でいられるのだ。もちろん、目の前の女の子は美しい。そのことに疑いの余地はない。けれど、何かが違うのだ。ぼくの好みではない何かが、彼女の美しさを作っているのだ。

「好き」

「えっ?」

ぼくは、一瞬、山野が何を言ったのか良く解らなかった。怪訝(けげん)な表情を浮かべるぼくから目をそらさずに、もう一度、彼女は言った。

「私、時田くんが好きなの。だから、川久保くんとはつき合えない」

「嘘(うそ)だろ!?」

見る間に、山野の目から大粒の涙がこぼれ落ちた。ぼくは、すっかり動転していた。いったい、なんだって、こうなるのだ。ぼくは、こういう状況には、まったく慣れていなかった。

「私のこと嫌い？」

「そうじゃないけど」

「じゃ好き？」

「困ったな」

まさか、好きじゃないとも言えないし。山野は、ポケットからハンカチを取り出し、涙を拭（ぬぐ）った。

「ぼく、好きな人、いるから」

「知ってる。うんと年上の人でしょ。私、割り込めない？　待っててもいい。だって、ずっと、私、時田くんのこと、好きだったんだもん」

待っててもいい。その言いまわしが、ぼくの好みではないのだ。ぼくは、待つ女など嫌いなのだ。もっとも、本当に山野舞子が、ぼくを待つとは思えないが。

「山野さん、ほんと、ごめん。悪いけど、ぼく、自分の彼女が本当に好きなんだ」

「私と、どう違うの？　その人。年上なんでしょ。噂（うわさ）で聞いたけど、水商売やってる人なんでしょ？　そんなのひどい。不潔だわ」

「あのなあ……」

山野舞子は、傷付いた表情を浮かべながら、ハンカチで口を押さえていた。可愛い花模様のハンカチ。どうして、そんな仕草をするのだろう。そのハンカチをどけて見ろと、ぼくは言いたかった。ハンカチの下の唇が、どのように醜く歪んでいるのか、見せてもらいたいものだ。

「山野さん、自分のこと、可愛いって思ってるでしょ。自分を好きじゃない人なんている訳ないと思ってるでしょう。でも、それを口に出したら格好悪いから黙ってる。本当はきみ、色々なことを知ってる。物知りだよ。人が自分をどう見るかってことに関してね。高校生の男がどういう女を好きかってことについては、きみは、熟知してるよ。完璧に美しく、けれども、完璧が上手く働かないのを知ってるから、いつも、ちょっとした失敗と隣り合わせになってることをアピールしてる。確かに、そういうきみに誰もが心を奪われてるよ。だけど、ぼくは、そうじゃない。きみは、自分を、自然に振る舞うのに何故か、人を引き付けてしまう、そういう位置に置こうとしてるけど、ぼくは、心ならずも、という難しい演技をしてるふうにしか見えないんだよ」

山野は、無言で立ち尽くしたきりだった。顔は、いっそうあおざめていたが、もう、それは、背後の紫陽花のせいばかりではなかった。

「ぼくは、人に好かれようと姑息に努力する人を見ると困っちゃうたちなんだ。ぼくの好きな人には、そういうとこがない。ぼくは、女の人の付ける香水が好きだ。香水よりも石鹸の香りの好きな男の方が多いから、そういう香りを漂わせようと目論む女より、自分の好みの強い香水を付けてる女の人の方が好きなんだ。これは、たとえ話だけど」

いきなり、ぼくは、頬をぶたれた。山野舞子は、目を輝かせているように見えたが、それは怒りのせいだということが、彼女の膨んだ小鼻で解った。

「何よ、あんただって、私と一緒じゃない。自然体っていう演技してるわよ。本当は、自分だって、他の人とは違う何か特別なものを持ってるって思ってるくせに。優越感をいっぱい抱えてるくせに、ぼんやりしてる振りをして。あんたの方が、ずっと演技してるわよ。あんたは、すごく自由に見えるわ。そこが、私は好きだったの。他の子たちみたいに、あれこれと枠を作ったりしないから。でもね、自由をよしとしてるのなんて、本当に自由ではないからよ。私も同じ。あんたの言った通りよ。私は、人に愛される自分てのが好みなのよ。そういう演技を追求するのが大好きなの。中途半端に自由ぶってんじゃないわよ」

ぼくは、打たれた頬を押さえたまま呆然としていた。山野舞子は、怒りで震える手で、髪の乱れを直した。そして、ぼくを一瞥すると、大きく息を吐き、その場を立ち去ろうとした。

「山野さん」

「何よ!!」

「今の、こたえた」

「ふん。それから、つけ加えておくけど、私が川久保くんとつき合えないのは、彼の背が低いからじゃないからね。私、髪に、ムース付けるような男、大嫌いなの。口開けて、女に見とれてるような男もね」

ぼくは溜息をついて、去って行く山野舞子の後ろ姿を見送った。髪のつやが、離れていても、良く解った。やはり、彼女は、美少女だ。ぼくは、そう思いながら、目のはしに映る紫陽花を意識した。

ぼくは、男子便所にこもったきりの川久保に、上手く行かなかった旨を伝えた。情けない相槌が個室から聞こえて来て、ぼくは、彼に同情した。もちろん、山野舞子が、ぼくを好きだと言ったことは告げなかった。それを口に出したら、ぼくの弱味をもさらけ出すことになる。

他の人とは違う特別なものを持っていると思ってるくせに。彼女のその言葉を、ぼくは、いつまでも反芻していた。もしかしたら、ぼくこそ、自然でいるという演技をしていたのではないか。変形の媚を身にまとっていたのは、まさに、ぼくではなかったか。ぼくは、媚や作為が嫌いだ。そのことは事実だ。しかし、それを遠ざけようとするあまりに、それをおびき寄せていたのではないだろうか。人に対する媚ではなく、自分自身に対する媚を。

人には、視線を受け止めるアンテナが付いている。他人からの視線、そして、自分自身からの視線。それを受けると、人は必ず媚という毒を結晶させる。毒をいかにして抜いて行くか。ぼくは、そのことを考えて行かなくてはならない。桃子さんや母が、あっぱれなのは、その過程を知っているからだ。本当の自分をいつも見極めようとしているからだ。

ぼくは、何故か、その時、皮剝き器のことを思い出した。あれで野菜を削った時のように、ぼくのおかしな自意識も削り取ることが出来れば良いのに。そうすれば、ぼくの見せかけと中味が一致する日がきっと来る。

「いいじゃないの、そんなに、じたばたしなくたって」

山野舞子との一件を聞いて、桃子さんは言った。ぼくは、少し、気を悪くしていた。彼女は、ぼくの思いつきを聞いて、あっさり、思春期のお悩みね、と笑ったのだ。

「怒んないでよ、秀美くんたら。皮を剝いても剝いても野菜じゃ仕様がないわよ。その内、人の視線を綺麗に受け止めることが出来る時期が、きっと来る。その時に、皮を剝く必要のない自分を知れれば素敵よ」

　そうかなあ、とぼくは思う。考えてみれば、世の中のすべてのものには皮がある。まわりから覆われ、内側から押し上げられて出来上がる澱のような皮だ。その存在に気付かない人もいる。そして気付いてしまう人もいる。ぼくは、今、自分のそれに気付いて慌てている。皮剝き器をくれ。けれども、ぼくは、それを手にすることが、まだ、出来ない。山野舞子を嫌いだと口にしなくなった時、ぼくは、それを手にすることが出来るのかもしれない。

「で、仁子さんの作ったサラダっておいしかったの？」

　桃子さんが尋ねた。

「うん、まあね。あ、だけど、おれ、もうあんなに沢山の野菜削るの嫌だからね。食いたいなんて言わないでくれよ」

　桃子さんは、ばれたかと言うように舌を出して肩をすくめた。

『ぼくは勉強ができない』（新潮文庫）より部分掲載

もっと読みたい

「ぼく」（時田秀美）は、誰もが憧れる可憐（かれん）な美少女を、人に好かれるために演技していると分析せずにいられない。が、見せかけと中身の違いに敏感な「ぼく」こそが、自然体であろうとする媚（こび）や作為を身にまとっていると突きつけられる。高校生の厄介（やっかい）な自意識が浮かび上がる。

複雑な家庭環境と言われる、母と祖父の三人暮らしの中で、「ぼく」は世間の偏見と闘い、自由であろうと、「ぼくはぼくでありたい」と生きている。自分なりの価値基準を作っていくために、今はすべてに丸を付け、これからの人生で慎重にばつを付けていこうと心しているのだ。恋多き女である母も、年下の彼女とのデートを楽しむ祖父も、悩み多き「ぼく」という存在を大らかに支え、その可能性を信じている。年上の彼女、桃子さんやサッカー部の顧問、桜井先生、幼なじみやクラスメートたちとの魅力的な会話、「ぼく」のもの思いは、思春期のもやもや・ぐるぐるに言葉を与えてくれるだろう。（高山）

もっと もっと 読みたい

山田詠美『放課後の音符（キイノート）』（新潮文庫）

十七歳にとっては、恋愛が何より大事だ。大人と子どもの間で揺れる少女たちが味わうせつない恋を描いた短編集。

森見登美彦（もりみとみひこ）『夜は短し歩けよ乙女』（KADOKAWA）

「黒髪の乙女」に惹かれている「先輩」は、彼女に会うために夜の京都を歩く。二人が巻き込まれる珍事件を描いたファンタジー。

島本理生（りお）『ナラタージュ』（KADOKAWA）

大学生の泉は、母校の演劇部顧問の葉山先生から電話をもらい、胸をときめかせる。先生への思いは、だんだんと抑えられなくなり……。

杳子（ようこ）

古井由吉（ふるいよしきち）

大学生の「彼」は、山登りをした先で、「深い谷底に一人で坐（すわ）っていた」杳子に出会う。不思議な言動を繰り返す杳子に翻弄（ほんろう）されつつ、次第に強く惹（ひ）かれていく。

ある日、広い池のほとりのベンチに坐って何時（いつ）ものようにまどろんでいると、むこう岸の水辺にそって、春の光の中を、萌黄色（もえぎいろ）のブラウスが鮮やかな輪郭（りんかく）を保ってゆっくり動いていくのが目に入った。目で追っていると、やがて彼のちょうど真向かいの水辺に、正午の明るさを背負って人影が細く立ち、通りがかりにふと足を止めて何かを眺める女の姿となって、こちらを向いていつまでも動かなかった。彼のかたわらには、杳子の脱（ぬ）ぎ残したコートがきちんと四角にたたまれ、軀（からだ）の温（ぬく）みの感じをまだ折り目に宿していた。杳子の顔つきは濃い蔭となってわからなかったが、全身が何かを怪しむように静まりかえってこちらをしげしげと見つめている。彼はまどろみの中にまだなかば捕えられていて、見つめかえすことが出来ずに、ただ一方的に見つめられていた。見つめられることの気味の悪さを、彼は知った。ただ一方的に見つめられて、彼の軀はベンチの上で、およそ無表情な、ただひたすら存在に耽る獣じみた生命へ押し戻されていく。

《あの人に見られていたのか……》という驚きと、そして嫌悪が女の軀にひろがっていく。醜悪な目撃者の眼を潰してやりたい。そんな衝動を彼は思いやった。そして自分がただここにいるという恥かしさから、重い無恥な軀をぬうっと動かして脚を組みかえた。

するとは明るい水のひろがりの上で、杏子はすうっと右手を高く上げて、「オーイ」と細い甲高い声で呼んだ。しばらく茫然と杏子を見まもって、杏子の声の余韻が静かさの中に呑みこまれてしまった頃、彼は重い軀からようやく右手を曖昧に上げて答えた。「オーイ」と杏子の声がまたむこう岸から上がって、静かさの中で一点の響きとなって孤立した。彼はまた中途半端に手を上げた。すると萌黄色のブラウスが水辺にそってするすると動き出した。杏子は速足でしばらく歩いて、また立ち止まって「オーイ」と呼び、それからくりと向きを変えて左へしばらく歩いて「オーイ」と呼び、また右へ引き返して「オーイ」と呼び、その度に長い間をおいてぼんやり手を上げる彼を中心にして、池のほとりをぐるぐると歩きまわっていつまでも飽きない様子だった。

　またある日、彼が河原の草の上に平たく寝そべって、地面の温みの中から冷たい風をとおして空の光を見つめていると、杏子はいつのまにか川べりに出て、河原石の群がる中にしゃがみこんで、石をひとつひとつ積んで塔をこしらえていた。

　砂の中になかば埋もれた平たい石を土台にして、形さまざまな石が五つ六つ、段々に小さ目に、左へ傾いて倒れそうになるまで積まれ、その上にいきなり二まわりも大きな石が、右へ半分はみ出しそうにのせられて、危うい釣合いを取った。そしてその石をまた土台にしてまた小さ目の石が、大小の順も、形の釣合いもかまわず無造作に積まれて、右へ傾きかけては左へ傾きながら、細々とくねり上がっていく。

　杏子はちょうど、しゃがんだ軀の額よりも高くなった天辺のコブシ大の石の上に、また不釣合いに大きな石を両手でのせようとしているところだった。しゃがんだまま腰を軽く浮かして、石を両手で目の上へ差し上げるようにして塔の天辺にそっと近づけ、杏子はふときかん気な目つきになり、その石を天辺の石の中心よりもわざと左へ大きくずらしてのせた。そして両手をさっと離し、軀を低く小さくこごめて、ぐらぐらと左右に揺れる塔を見つめた。

　塔はひと石ひと石、いまのせられたばかりのように動揺に怯えながら、全体として不安に満ちたなまなましい成長の気配を帯びて、空にむかって伸び上がり、さらに音も立てずに伸び上がっていくように見えた。

　彼はふと杏子という存在を感じ当てたような気がして起き上がり、杏子のそばに行って、一緒にかがみこんで石の塔をながめた。しばらくして彼は杏子の肩に手をかけて、「おいで。もう帰ろう」と声をかけて立ち上がった。杏子は動かなかった。彼に手を取られてようやく立ち上がった時にも、彼女はまだ石の塔に見入っていた。背中に腕をまわして連れて行こうとすると、顔に怯（おび）えの影が走った。彼は石の塔のそばに行き、「このままじゃ、だめだね」と言って、石をひとつひとつ降ろして下に積み、低い安定した山をこしらえてやった。杏子はようやく軀をほぐして歩きはじめた。

　二時を過ぎると、二人はもう帰路につくことにしていた。その時刻になると、いつでも陽ざしが鈍って、強い風が埃（ほこり）を運んで吹きつけはじめる。そして杏子の軀から急に精気がなくなる。来る時の緊張も苛立（いらだ）ちも、もうなかった。杏子は立てたコートの襟（えり）の中に頤（あご）を埋めて、こころもち前かがみの姿勢で風の中を歩いている。足音がすこしも立たない。同じ風の中を、女たちがあちこちで眉（まゆ）を顰（ひそ）めて歩いている。風が吹きつけて来ると、女たちは風から顔をそむけてたじろぐ。だがぴったりと貼りついたコートの中で、吹き流れる裾（すそ）を押（おさ）える手の下で、彼女たちの軀はかえって羞恥（しゅうち）心からのがれてふくらみ出す。それにひきかえ、杏子は吹きつける風の中に無表情な顔をさらしたまま、まるで風の向きさえ知らぬように髪とコートを勝手になぶらせて、同じ前かがみの姿勢を保って歩きつづける。疲れた軀を一歩ごとにうしろへ置き残して、漂い流れていくような感じだった。その姿を女たちの姿と見くらべると、彼は思わず杏子に声をかけたくなる。

《おい、わかったよ。君はそんな風に軀をないがしろにするもんだから、自分のありかがはっきりしなくなるんだよ。だから、行きたいところにも、一人で行けないんだ》

しかしそれは口に出さずに、彼は杏子を右腕の下に包んでやる。重さの感じがすこしも腕に伝わってこなかった。

三月も末になって、街なかの或る自然公園が、公園めぐりの最後になった。

その前の帰り路、彼は黙りこんでいる杏子に腹を立てて、すこしばかり残酷な気持になり、だしぬけに次の場所を彼のほうから指定した。そしてそこへ行く道順をいつもの杏子のやり方で細かく教えてやり、一人でそこまで来るように申し渡した。杏子はうらめしそうな目を上げて彼の説明をじっと聞いていた。真剣な顔つきが説明の終わった後にもほどけないので、彼は心配になって、「わからないの」とたずねた。「わかります。前に行ったことがある」と杏子はうなずいた。

時間どおりに彼はやって来て、車の往来のはげしい通りから公園の中に入り、囲いこまれてかえって旺盛(おうせい)になった原生林の間をしばらく歩き、ちょうど林の底に沈んだ感じの小さな暗い池のほとりまで来て、ベンチに腰をおろした。

約束の時刻を十分過ぎても、杳子は来なかった。

二十分ほどして、杳子の来ないのを訝(いぶか)っているうちに、彼は困ったことに気がついた。さっき通り抜けてきた駅の構内が、数年前に彼が来た時と、階段の位置も改札口の向きもすっかり違っている。ホームに降りたとき、彼は階段のありかがわからなくて一瞬とまどったが、たちまち構内の改装ぶりに目を奪われてしまって、「きれいになったもんだなあ」とただ舌を巻きながら杳子のことも考えずに階段を昇った。そして改札口を出ると、前に来た時の感じをおのずと思い出して公園のほうへ歩き出した。しかし杳子に教えた道順は、今の駅では、改札口のところからもう向きが正反対になる。

三十分しても、杳子は来なかった。むかし自分で来た時のことを思い出してくれればいいが、と彼は願った。しかしこの前、電車の中で彼の説明に一心に耳を傾けていた杳子の顔が、しきりに目にちらついた。あの分では、杳子はやはり自分の記憶に頼らずに、彼に教えられたとおりの道順を几帳面(きちょうめん)にたどって、改札口から正反対の方向へずんずん行ってしまう。歩いて十五分とは教えておいたが、杳子のことだから、自分の足が遅いのだと思って、三十分ぐらい一生懸命に歩いてしまうかもしれない。すぐに後を追ってみようか、と彼はベンチから立ち上がりかけた。しかし駅の構内で杳子のことを思い出しもせずに周囲の改装ぶりに目を見はっていた自分のことを考えると、いまさら杳子を追いかけてつかまえたところで何にもならないような気がして、また坐(すわ)りついてしまった。今から追いかけても、杳子は見つからない。それよりも、杳子がどこかを迷い歩いているのなら、自分はこの場を動いてはならない。おそらく杳子はここまで来れないだろう。しかし一度来た道を駅まで引き返すことぐらいは出来るはずだ。それから電車に乗って家へ帰ればいい。彼自身は、とにかく閉園まぎわまでここにいることにした。

一時間しても、杳子は来なかった。彼は自分たちが住所も電話番号も教えあっていなかったことに気づいて驚いた。考えて見れば、この先、杳子と連絡の取りようもない。杳子はもう電車に乗っているに違いない。杳子はまた雑踏の中へ紛(まぎ)れてしまった。

それでも、彼はベンチを動かなかった。杳子が紛れてしまっても、自分はいるべきところにいなくてはならない。そう彼は思った。

『杳子・妻隠』(新潮文庫)より部分掲載

杏子

もっと読みたい

《荒々しい岩屑（いわくず）の流れの中に浮（うか）ぶ平たい岩の上で、女はまだ胸をきつく抱えこんで、不思議に柔軟な生き物のように腰をきゅうっとひねって彼のほうを向き、首をかしげて彼の目を一心に見つめていた。その目を彼は見つめかえした。まなざしとまなざしがひとつにつながった。その力に惹かれて、彼は女にむかってまっすぐに歩き出した。》

二人がお互いの存在を意識した瞬間を描いた場面。杏子の神秘性と共に、言葉を要しない眼差しの交感による魂の出会いであったことが伝わる、ストップモーションを見るかのような美しい文章である。杏子は心を病んでおり、「彼」はそのことを理解し、またそれゆえにその魅力にのめりこんでいく。掲載部分は、公園でデートしている時の杏子が描かれているが、若い女性というよりも、蝶の化身が浮遊しているように愛らしくてあやうい。昭和四〇年代に描かれた、不思議少女の元祖として、杏子は哀しい光を今も鮮やかに放ち続ける。（東）

もっともっと読みたい

古井由吉『木犀（もくせい）の日』（講談社文芸文庫）

木犀の香に誘われるように、私は生家の跡を見ようと町を歩く。大人になった私が振り返る若き日々。表題作を含む自選短編集。

宮本輝（てる）『青が散る』上・下巻（文春文庫）

新設大学に入った燎平（りょうへい）は、金子に誘われてテニス部に入る。あこがれの夏子、精神の病で苦しむ安斎、生意気な後輩。燎平の熱い四年間。

三田誠広（みたまさひろ）『いちご同盟』（集英社文庫）

ピアノに打ち込んでいる良一は、野球部エースの徹也（てつや）に誘われ、入院中の直美を見舞う。重病に苦しむ直美は、良一に意外なお願いをする。

Water

吉田修一

7千メートルを泳ぎきり、プールを出るときには七時を回っていた。新学期になってから、めっきり陽が落ちるのが早くなっている。西の空を切り裂くように、飛行機雲が伸びていた。プールからは赤く染まった落ち葉のような街が見え、遠くからカラスの鳴き声が聞こえていた。プールサイドのコンクリート塀も、校舎の壁も、金網も、そして整列した部員たちの濡れた体も、すべてが茜色に染まっていた。ボクは清々しい気持ちで、大会のラインナップを発表した。

「……で、最終種目のメドレーリレーは、バックが拓次。ブレストが圭一郎。バタフライが浩介。そしてフリーが俺。とにかく、全員出られることになったけん。がんばろうで！よかや！」

「はい！」

珍しくみんなの返事がまとまった。

その日、みんながプールから帰ったあと、京子と二人で部室に残り、念入りに、一文字一文字こころを込めて、というと大袈裟だが、とにかく真剣に、大会に出すエントリー表にみんなの名前と自己最高記録とを書いていた。

女子の分を書き終わった京子がぽつりと、

「でも、本当に凌雲と水泳部のキャプテンをやれて……よかった」

と呟いた。ボクはなんとなく照れて、うまく返事ができずに変な沈黙を作ってしまった。

その沈黙に京子自身が慌てたらしく、

「か、勘違いせんでよ！」

と背中を力一杯叩いてくれたのでよかったが、危うく京子の頬にキスをしてしまうところだった。

部室を出ると、プールの入口に、なんと藤森さんが一人立っているのが見えた。

「藤ちゃん！　圭一郎なら、もう帰ったよぉ」

京子がそう叫びながら、藤森さんに駆け寄り何か話し込んでいる。部室の鍵を締めていると、

「じゃぁ、先に帰るよ」と叫ぶ京子の声が背中に聞こえた。

ふり返ったときには藤森さんの姿しかなかった。鍵をジャラつかせながら、藤森さんの

側まで行くと、

「ごめんねぇ、また凌ちゃんに相談に来たとよぉ」と俯いたままの藤森さんが言った。

たぶん、これが女の匂いなのだろう。藤森さんの髪からはやっぱり誘うようで拒むような、そんな匂いがした。

「じゃ、この鍵を職員室に返してくるけん。ちょっと待っとって」

「う、うん。あの……じゃあ、バス停におるね」

「すぐに行く」


必要以上の猛スピードでバス停に行くと、藤森さんが一人ベンチに座っていた。カバンを膝の上にキチンと置き、それを押さえるように白い指が十本のっている。

夕日はすでに稲佐山と夜空に潰されてしまい、辺りは暗くなっていた。

「やっぱり、この時間になるともう誰もおらんなぁ」

なるべく自然に見えるように、藤森さんの隣に腰をおろした。

「もう、みんな帰ってしもうたとやろねぇ」

「藤森さんの家って晴海台の方やろ？　送っていくけん」

「いや、でも……」

「よかよか。だってバスの中の方が、景色が変わって相談もしやすかろ？」

「……」

「そんなこともないか！」

藤森さんはやっと笑った。

ちょうど晴海台行きのバスが来た。車内には他に誰も乗っておらず、ボクたちは一番後ろの席に並んで座った。ドアが閉まる空気の抜けたような音が、冷房で冷え切った車内に響く。

「とうとう来週、大会やねぇ。応援に行くけんね」

「えっ、本当？　来てくれると？」

「もちろん！」

素直に喜んだ自分が恥ずかしかった。藤森さんが誰を応援に来るのか勘違いしていた。

バスは定期的に停留所に止まったが、誰も乗ってくる気配はなかった。ほとんどうちの学校の生徒専用のようなバス路線なので、こんな遅い時間では仕方のないことだったが、とにかく、この沈黙を破ってくれるものは何一つなかった。

車内を照らす安っぽい蛍光灯が、時々チカチカと瞬いていた。

「私ねぇ、夏休みの間ずっと寂しかったぁ……」

ずっと下を向いたままだった藤森さんが唐突に話しはじめた。

「結局ねぇ、圭一郎君ぜんぜん連絡くれんやったとよぉ。もう私のこと……」

「……………」

「ごめんねぇ。こんな話できるのって、淩ちゃんだけやし、他に誰にも相談できんし……」

「いや、そんなの気にせんでいいよ。でも……」

喉(のど)まで出かかっていることを言うべきかどうか悩んだ。実は圭一郎の母親が家出をしてしまって、圭一郎も大変だったんだ、と一言いってあげれば、藤森さんの悲しみを癒(いや)すことができるのは分かっていたのだけれど、その一言を言ってやる勇気がない。

「私ねぇ、どうして自分がこんなに苦しんでいるのかも、分からんとよぉ」

何と答えてやればいいのか、全く見当もつかない。自分の親友のことで相談に来た女に、一人喋(しゃべ)らせているだけの不甲斐(ふがい)なさに、自分でも呆(あき)れ果てた。

藤森さんはバスに揺られながら、泣いていた。

これが本当に、圭一郎が不潔だと言っていた、セックスをしたがる女なのだろうか？

結局、晴海台の入口に着くまで、ボクたちはただバスに揺られていただけだった。もうすぐ、終点に着こうとしているとき、

「でもねぇ、私、凌ちゃんに話して少しすっきりしたような気がする。ときどき、こんなこと思うことがあるとよ。あのね、夜中に圭一郎君のこと考えて悲しくなるとねぇ、いつも凌ちゃんの顔が浮かぶの。そしてねぇ、凌ちゃんには迷惑やろうけど、また凌ちゃんに相談しようって思ったら、少し気分も落ち着いて眠れると。なんか、凌ちゃんに相談するために、悩んどるような気もする。私ちょっと変やろ？」

「悩み事じゃなくても、いつでも藤森さんの話なら聞いてやるさ」

やっと顔を上げた藤森さんが、微(かす)かに微笑(ほほえ)んで「ありがとう」と言った。

ボクは膝の上のカバンに置かれている藤森さんの白い手を握りたくて仕方なかった。圭一郎への裏切りになるとか、そういった気持ちは残念ながら全くなかった。

「次は終点の晴海台」

車内にアナウンスが流れたとき、とうとう藤森さんの白い手を握ってしまった。藤森さんは何も言わず、ただじっと自分の手に重なったボクの陽(ひ)に灼(や)けた指を見つめていた。

何か言わなければと焦(あせ)ったのだけれど、焦れば焦るほど何も浮かばず、頭の中は真っ白になった。窓の外にバス停が見え、速度を落としたバスがゆっくりと滑(すべ)り込んだ。空気の抜ける音とともに、ドアが開いた。

「こ、今度また……送って来てもいいかなぁ？」

腕を切り落とす覚悟で、握っていた藤森さんの手を放した。立ち上がった藤森さんは何も言ってはくれなかった。ボクたちがバスを降りるのと同時に、運転手のおじさんも降り、自動販売機に煙草(たばこ)を買いに走っていった。

藤森さんの背中を見送りながら、何てことを言ってしまったのだろうと居たたまれない気分になっていた。そのとき急に振り返った藤森さんが、

「凌ちゃん！　ありがとう」と叫んだ。

ボクは大袈裟(おおげさ)に手を振って、それに応えるのがやっとだった。バスに乗る前に話そうと思っていたことの十分の一も話していない。もじもじし合う競技があれば、間違いなく全国大会に出場できる。

運転手のおじさんが戻ってきて、ベンチで放心しているボクに、

「もうバスはないぞ。これが最後ぞ！」

と教えてくれた。おじさんは煙草に火をつけながら、横に座り、

「中央橋の車庫までなら、乗せてやるけん。ほら、さっさと乗れ！」と、言った。

暗い顔でバスに乗り込むと、

「フラれたとか？」

とおじさんが、声をかけてきた。ボクは返事もしないで運転席の後ろの席に座った。真

っ暗な県道にぽつんと光るバスの中で、じっと自分の手を眺めていた。運転席に戻ったおじさんが、エンジンをかけながら、

「坊主、今から十年後にお前が戻りたくなる場所は、きっとこのバスの中ぞ！　ようく見回して覚えておけ。坊主たちは今、将来戻りたくなる場所におるとぞ」

と訳の分からぬことを言っていた。

『最後の息子』（文春文庫）より部分掲載

Water

もっと読みたい

たくましいスイマーだった兄が死んでから、母は精神のバランスを崩してしまった。メドレーリレーのメンバー四人で遊ぶのは楽しいが、高校三年生ともなれば将来を考えなくてはならない。親もとを離れて大学に進学するのは、自分には難しい。最後の大会が近づいているのに、親友の圭一郎の言動が全く理解できなくなって……。水泳部のキャプテンである凌雲が、亡き兄を超えようと奮闘する「高校生活最後の夏」を描いた短編の一部を掲載した。

吉田修一は若い世代の憧れや苦しみをさらりと描く。だが、不思議なことに、その小説を読み終えて月日が過ぎても、作品中のなにげない場面や登場人物の言葉が、読者の胸の底にずっしりと残る。共同生活をする若者たちを描いた『パレード』には、若さゆえのいらだちや悲哀が描かれている。読者を裏切る衝撃のラストが用意された、危険な魅力に満ちた長編だ。（千葉）

もっと もっと 読みたい

吉田修一『横道世之介』（文春文庫）

大学進学のため、長崎から上京してきた世之介。サンバサークル、アルバイト、お嬢様との恋。世之介の純情な生き方が周囲を輝かせる。

恩田陸『夜のピクニック』（新潮文庫）

北高の生徒全員が一晩で八十キロを歩き通す「歩行祭」。秘密を抱えている貴子は、ある決意を胸に、この伝統行事に参加するのだった。

有川浩『キケン』（新潮文庫）

工科大学のサークル「機械制御研究部」、略して「キケン」。周囲からなかなか認められない理系男子たちの情熱とひたむきさを描く。

新しい土地へ行くときに

東 直子

３歳までに２回、小学校のときに２回、中学校で１回、引っ越しをした。父の仕事の都合だったのだが、近いうちに必ず引っ越す、ということが常に頭の中にあった。転校を繰り返すなんて、淋しかったのではと言われることもあるのだが、不思議に淋しいという感情が浮かんだことがない。どちらかというと、引っ越した先のことに希望をふくらませていたからだと思う。

本の中に書かれている食べ物がやけにおいしそうだと感じるのは、たいていその食べ物の一番おいしい状態を頭の中では思い浮かべるからである。同じように、未来の自分を思い浮かべるとき、最もよい状態の自分を思い描くに違いない。これまでの自分を全く知らない人ばかりがいる土地にゆくのだから、全く新しい自分になれる可能性があるのだ。自分に最大限の希望を抱き、胸をふくらませていたので、友だちと別れる淋しさを感じる隙間がなかったのだろうと思う。

とはいえ、そうそう自分が変われるはずもなく、結局新しい町でも、引っ込み思案で運動が苦手な、どんくさい女の子として生きるしかなかった。一方で、仲間はずれにされる、いじめられる、バカにされる、というネガティブケースも想起して、不安になることもあった。幸い転校先でいじめに合ったことはなく、どの学校にもやさしく受け入れてもらってよかったと思っている。転校生として、学校という共同体になじむコツも少しは掴(つか)んできていたのかもしれない。

とにかく、なにが起こるかわからない、転校という人生の一大イベントを助けてくれた一つに「本」がある。本の中には、未知の人生がつまっている。未知の友達関係が描かれている。ああそうか、そういうときにそうすると、そんなふうに思われて、なんだ、こうすればいいのに、あーダメダメ、なんて、主人公に思い入れをしながら人間関係を学び、未来に備えていたのだった。

第3章

（あなたは だれですか）

～私って何だろう

（無題）

斉藤 倫（さいとう りん）

こんにちは　口が曲がってるんでシュノーケルってあだ名です
百葉箱でうまれて（あなたはだれですか）川っぺりでそだち
ました（あなたはだれですか）口が曲がってるから歌も曲がっ
てるし　曲がった食べ物しかたべないんです　シュノーケルっ
て何かしらないけど　ぼくのこと笑わないって約束してくれる
なら　そんなひとにいつかあいたい　ぜったいいないってわか
ってるけど　もしよかったら教えてください　何がすきですか
　くらいへやに日がさしていたら　そのひかりのたまっている
ところに　何をおきますか　くつぞこに入れられたら　いやな
ものはなんですか　そちらは　そちらのくらしはいかがですか

『本当は記号になってしまいたい』

亜美ちゃんは美人

綿矢りさ

さかきちゃんは美人。でも亜美ちゃんはもっと美人。グリム童話「白雪姫」で継母の女王様は「女王様は美しい。でも白雪姫はもっと美しい」と魔法の鏡から衝撃の告白を受けて、鏡をぶち割った。しかし魔法の鏡に訊くまでもない。さかきちゃんは美人、でも亜美ちゃんはもっと美人。

明白な事実。

人によって好みは違うから、どちらの方が美人なんて一概に言えない、という考えもある。確かにそれは一理ある。

だってさかきちゃんも悪くない。確かに亜美ちゃんより、顔のパーツは地味だが、オリーブ色の肌はなめらかだし、黒く強い毛髪はまっすぐ伸び、足首はキュッと締まっているし、眼は細いが瞳は大きく黒目がちで、聡明な光を帯びた彼女の瞳が、素早く相手を射るさまは、野性的な色気さえある。

亜美ちゃんと一緒でさえなければ。

二人が並んで歩くと、さかきちゃんは亜美ちゃんに光を吸い取られ、Aのそばに張り付くAダッシュになる。どことなく二人の髪型やファッションセンスが似ているせいだろうか。さかきちゃんの持つ個性的な魅力がすべて欠点になり、あこがれの人を真似する劣性のコピー商品になり下がる。

実際は亜美ちゃんがさかきちゃんの真似をしているのだが。

隣を歩く亜美ちゃんの顔を斜め下からそっと眺めるとき、さかきちゃんはいつも見とれる。横顔の美しい子で、高めの鼻梁も、ゆったり微笑む唇も、彫刻すればどこかの外国のコインになりそうな精巧な仕上がり。特に顎から首までは、すがすがしく清廉、少年のように引き締まった完璧なラインを描く。そのラインは細い喉から華奢な鎖骨の浮くデコルテまで続き、胸に行き当たると、とたんにどこか懐かしい丸みをおびた、まろやかな線に生まれ変わる。

街に遊びに行くと、自分ではなくまずまっさきに亜美ちゃんに視線が集まるのが、さかきちゃんは嫌ではなく、むしろ得意だった。しかしいつからだろう、亜美ちゃんといると息苦しくなったのは。

亜美が悪美になれば、もっと堂々と対抗できるのに、とさかきちゃんは歯がゆく思う。

でも亜美は性格が良い。良いというかね、悪気がないの、ただそれだけ。本当に性格の良い人ならきっと、私にこんな思いはさせない。天然だからこそ、ぎちぎちと苦しくなるんだ。

隣の彼女にばれないよう、さかきちゃんは目を閉じて心のなかでつぶやく。

亜美、たぶん私、あなたのことがきらいだよ。

高校の入学式で、上級生の女子たちが新入生を見てくすくす笑い、ひそひそ話をするのを見て、さかきちゃんはすでにこの学校に厳然と存在するカースト制度を見抜いていた。すなわち、かわいいは権力、ださいは死刑。入試の日に高熱が出て運悪く志望校に受からず、偏差値のランクがだいぶ下の高校に入学したさかきちゃんには、先入観もあってか、新しい高校の生徒たちはみんな、不真面目で垢(あか)ぬけて見えた。初日からすでに校則違反を犯して制服を改造して着ている子が何人かいるクラスメイトを、恐る恐る見回す。私、かなり浮いてるんじゃないの。

さかきちゃんの所属する文系のクラスは、女子と男子の比率が4対1で女子の方が多く、しかも三年間固定が決まっていた。校長先生が壇上で新入生への祝辞を述べているなか、アイウエオ順に並んでいるさかきちゃんのクラスの列は、早くも女子どうしの忍び声がやかましく周りを満たしている。逆に数少ない文系男子たちは、私語は慎(つつし)み神妙に校長の言葉を拝聴していた。

「ねえ、入学式って何時までか知ってる？」

前に立っていた女の子がふりむいて訊いてきたとき、さかきちゃんはすぐに返事ができなかった。後ろから見ていてもスタイルの良い娘(こ)だなとは思っていたが、こんなに可愛い子だったとは。衝撃的な鮮やかさ、高校生のなかに大人の女性が紛(まぎ)れこんだかのように、彼女は完成されていた。整いすぎて却(かえ)って特徴がなく、覚えにくいほどの目鼻立ちは、成長期特有の子どもっぽい歪(ゆが)みや不均一さはみじんもなく、すっきりとしている。唯一手足だけが胴体より先に成長し、長く伸びて、か細く所在なさげにぶらつき、少年のようだった。

「十一時まで」

「よく知ってるね。どこで聞いたの？」

声をひそめているのに、地声が高く可愛らしいせいで周りにもれ響く。しゃらしゃらと薄い氷が空気の薄い膜(まく)の上を滑(すべ)っていく囁(ささや)き声は、子どものように幼かった。それでいて頭の位置は、さかきちゃんと比べてずいぶん高いところにある。

「しおり……」

「ああ、これかぁ」

彼女は照れ笑いをして自分の手に持っていた入学式のしおりに目を落としたが、すぐにさかきちゃんの手首をつかんだ。

「あっ、このブレスかわいい。どこの？」

さかきちゃんがリネンで編んだ、アクセントにターコイズ色のビーズが編み込んであるやわらかいブレスを、彼女が手首を裏返したり表返したりしながら見つめているとき、さかきちゃんは自分をうらやましそうに眺める何人かの女子の視線に気づいた。たいして美人でもないのに、化粧ばかり濃くて気の強そうな女子二人が、さかきちゃんをにらんでくる。

みんなこの娘と話したいんだ。可愛いし目立つから友達になりたい、自分のグループに引き込みたい、入学式が終わればすぐに話しかけようと狙（ねら）っている。

この娘は別格なんだ。女子高生にとって可愛いは人間の価値そのものとイコールで直結する。性格が極悪でも容姿の良い子はとびきり高い点数をつけてもらい、クラスに君臨し、のさばり、その逆の子は高一の一学期の時点で、親と教師とでいつ転校をするかで何度も話し合うほどクラスの隅（すみ）に追いつめられる。

この娘と友達になれば、私の高校生活、安泰（あんたい）かも。

「このブレス自分で作ったの。簡単だから、あなたにも作ってあげる。名前、なんていうの」

「斉藤亜美」

さかきちゃんの予想通り、亜美ちゃんは瞬く間にクラスでもっとも影響力のある女子になった。クラスの女子たちにとって、亜美ちゃんはファッションリーダーであり、ファッション雑誌そのものだ。彼女の髪型や化粧やスカート丈に変化があると、それが最新流行になり、みんなが真似た。

クラスの子たちはもちろん先輩でさえ、亜美ちゃんと話せると舞い上がって喜び、ぜんぜん知らない生徒から、校内を歩いているだけで声をかけられて、握手を求められることさえあった。女子が大半のクラスでは、気のおけない楽しいおしゃべりが教室を満たすなか、嫉妬や陰口も当然ある。でも亜美ちゃんだけはずば抜けて可愛いせいで、みんなが心から〝カワイイ〟と賞賛した。慌ただしく権力の順位の入れ替わる教室内で、彼女だけは不可侵条約、平和地帯、彼女の話をするときだけは皆批判を押さえこみ、女子っぽい猫なで声でほめそやす。

亜美ちゃんとさかきちゃんの属する友達グループは全員で六人だ。派手できれいな子やスポーツの得意な運動部の子などで揃う、クラス内のカースト上位の人間ばかり集まったトップグループで、成績しか取り柄のないさかきちゃんが入れているのは奇跡に近かった。

亜美ちゃんはいばったりよくしゃべったりするタイプじゃないからリーダーぽくはなかったが、グループ全体が彼女を中心に動いていることは間違いなく、彼女に安易に近づこうとする人間をはねつける親衛隊の役割もあった。

「1Bの吉岡が亜美をデートに誘ったって」

「冗談でしょ！　あいつモテないから焦って〝高校のうちに童貞だけは捨てる！〟って野球部の奴らと教室で叫んでたらしいよ。エッチだけが目的でしょ」

「てか、身の程知らずだよね。どうせ同じ部の部員に、アタックしてみろよーとかノセられて、舞い上がってるんだろうけど。かわいそうに、亜美は迷惑がってなかった？」

「迷惑がってなかったけど、内心では嫌だったと思うよ。大丈夫、吉岡が近づこうとしたら、私が徹底的に退けるから」

ソフトボール部の奈々が背負い投げの真似までして、女子たちから歓声をもらっている。

他人の恋愛ざたについてよくそこまで興味がもてるなあ、とさかきちゃんは、みんなの話にうなずきながらも、若干さめた気分で会話を聞く。

ある日登校してきた亜美ちゃんは髪型が変わっていて、朝からさっそく教室の後ろの方でクラスメイトに囲まれていた。

「かわいい！　だいぶ切ったね」

「そうなの。変じゃないかな」

「最高似合ってるよ！　切っただけじゃなくて、色も変わってる。陽に透けてきれい」

「そう？　よかった、キャラメルハニーっていう色にしたの」

「いいなあ、私も同じ色に染めたい！　ねえ、どこでやってもらったの」

「アリエルだよ」

「アリエルって学校の裏の通りにある美容室でしょ。あんな近所の店、しょぼいと思ってたけど、こんなにきれいに仕上げてくれるんだ！　知らなかった」

「私も行こうっと。わざわざ街まで出て最近オープンしたサロンに行ってたけど、お金もったいなかったよ」

「さかきちゃん。どう思う、これ」

　亜美ちゃんは自分を見上げて歓声をもらす女子たちの輪をくぐり抜けて、さかきちゃんの席のまえまで来た。隠れ名店だからアリエルに行ってみたらとアドバイスしたのはさかきちゃんだった。亜美ちゃんが髪を少し揺らし、耳にかきあげると、淡いシャンプーの香りが座っているさかきちゃんの元まで降りかかった。

一限目の予習の最中だったさかきちゃんは、視線だけ上にあげて観察する。色は良い。以前は明るく染めすぎてスパゲティーのミートソース色だった。でも今は、さっき亜美を取り囲んでいた女子の一人が言った通り、日差しの光と相性の良い、きれいな色に染まっている。でも。

「前髪、ちょっと長すぎる。眉毛(まゆげ)くらいの位置まで切ったら」

さかきちゃんが手を伸ばし、亜美ちゃんの右目に覆(おお)いかぶさっている、斜めに流した重ための前髪を指でかき上げると、亜美ちゃんはにっこり笑った。

「うん、切る」

亜美ちゃんはポーチから眉毛用の小さな鋏(はさみ)を取り出すと、鏡を見ながら、指示された長さに前髪を器用に切っていった。細い髪が制服のカラーに落ちるさまを、ほかの女子たちが驚いた顔で見つめる。

最初に見込んだ通り、亜美ちゃんと友達でいることで、さかきちゃんには利益があった。ベストジーニスト賞の殿堂入りや巨人軍終身名誉監督のごとくに、ほかに敵のいない不動の一位の亜美ちゃんのとなりにいると、順位争いに巻きこまれず〝圏外〟の扱いになった。

さかきちゃんが、少し苦手だなこの娘、と内心では思いながら接しているのにもかかわらず、亜美ちゃんは彼女によくなつき、ほかのどの子とよりもさかきちゃんと一緒にいる時間を大切にし、彼女の意見を尊重したので、周りもさかきちゃんの評価を上げた。亜美ちゃんが認めるんだから、きっと貴重な子に違いない、と。さかきちゃん自身も不思議になるほど、亜美ちゃんにとって彼女は特別だった。

『かわいそうだね？』（文春文庫）より部分掲載

亜美ちゃんは美人

もっと読みたい

「ずば抜けてかわいい」亜美ちゃんを、「成績しか取り柄のない」さかきちゃんが、無二の親友として間近で接するその視線は鋭い。掲載した冒頭部分では、スクールカーストの頂点に立つ亜美ちゃんの存在感が際立ち、十代のリアルな光景に共感する人も多いだろう。さかきちゃんは、なぜか自分を慕ってくる亜美ちゃんと一緒にいることで、時に傷つきつつも、ずっとすぐそばで青春期を並走する。亜美ちゃんは光を放つ鏡のようなもので、さかきちゃんの観察眼は、自分自身への問いとして跳(は)ね返ってくる。直感だけで生き、人の気持ちを理解できない天然の亜美ちゃん。冷静で賢明で繊細なさかきちゃん。対照的な二人の前に現れる、亜美ちゃんの新しい恋人には、さもありなん、と膝(ひざ)を打った。キャラクター設定のセンス抜群である。

全体的にコメディタッチだが、容姿というものの抜きにしては語れない女性たちが、現代社会を生き抜くことへの問いを含む小説でもあると思う。（東）

もっともっと読みたい

綿矢りさ『インストール』（河出書房新社）

高校から落ちこぼれた朝子は、ゴミ捨て場でかずよしという小学生と出会う。二人はコンピューターで世界を変えようと企むが……。

文月悠光(ふづきゆみ)『洗礼ダイアリー』（ポプラ社）

著者は十代で中原中也賞を受賞した若き詩人。日常でいだいたさまざまな違和感の原因を、ことばを通して誠実に考えていくエッセイ集。

小島なお『歌集　乱反射』（KADOKAWA）

高校在学中に角川短歌賞を受賞した著者の第一歌集。「噴水に乱反射する光あり性愛をまだ知らないわたし」などの瑞々(みずみず)しい青春の歌。

ポプラの秋

湯本香樹実（ゆもとかずみ）

かつて小学生の頃に母と二人で住んだポプラ荘の大家「おばあさん」が亡くなった。その知らせを受けた「私」は、ポプラ荘に向かうために翌日の飛行機に乗る。その機内で、いつのまにか眠ってしまった。


「どなたかお医者様はいらっしゃいませんか」

眠っていた私の耳に、低いけれどよく通る声が届く。それが客室乗務員の声だとわかるまでに一瞬、間があった。

腕時計を見ると、飛び立ってから四十分も経っている。よほど熟睡していたのだろう。

昨夜は母の電話でおばあさんの死を知って、すると次から次へと思い出すことがありすぎて、眠るどころではなかったのだ。

「あの、私、看護師ですが……」

声にだしてしまってから後悔した。看護師といっても、辞めた身なのだ。それにもし、私の手にはとても負えないような事態だったら？

「こちらに来ていただけますか。お客様がひどい腹痛で」

通話の向こうからやってきた客室乗務員は、私の逡巡(しゅんじゅん)など気づかぬように、出しっぱなしになっていたトレイを手際(てぎわ)よく前の席の背に収めながら言った。

カーテンで仕切られた前のほうの座席に行くと、ひとまわり大きなゆったりとしたシートを倒して、十五歳くらいの女の子が横たわっている。毛布にくるまった細いからだが、痛みにこわばっているのを見た途端、おずおずした気持ちは消えてしまった。

私が看護師だと知ると、女の子は表情を少し弛(ゆる)めた。連れはいないと言う。

「どうしたのか、話せる？」

「きゅうにお腹がいたくなって……それから吐いちゃった」

「どのへんが痛い？」

毛布をまくって訊(たず)ねると、女の子は「ここ」と上腹部に手を当てる。私は彼女のジーンズのベルトを外し、うすく汗ばんだ皮膚の上を掌(てのひら)で探った。

「ここ？」

「うん……」

それから、本人が痛いと言っているよりも右下を、少し強く押してみる。

「痛っ……！」

「吐いたものは？」

「トイレに……」

「血、混じってたかどうかわかる？」

「混じってなかったと思う。白かった」

とりあえずほっと息をつく。自宅の電話番号を訊くと、幸い飛行機の到着地らしい番号だ。

市販の胃腸薬か鎮痛剤ならありますが、と遠慮がちに声をかけてきた客室乗務員に、私は首を振った。

「虫垂炎かも知れません。救急車を空港に呼んでおくこと、できますか？」

きれいに化粧を施した目が、ぱっと私の目を捉える。私はあなたを信用している、あなたも私を信用してよろしい、と言っているように。

「できます、すぐ連絡します。ほかには？」

「これが家族の電話番号。あ、それから体温計と、もっと毛布があれば持ってきてください」

「わかりました」

痛みにうめきながらも、女の子は私のことを不安気に見上げている。

「大丈夫。あと三十分くらいで到着するし」

私は通路にしゃがみこみ、彼女の手を取った。

「チュウスイエンって盲腸のこと?」

「そうよ。でもちゃんと調べなきゃ、わからないけど」

「盲腸ならいいや……おかあさんもやったことあるから。でも傷が残るのいやだな」

「手術するとは限らないのよ。とにかく病院で診てもらってから」

女の子はこくんと頷いた。私はそのまま彼女の手を握り、少しでも気が紛れるよう話しかける。女の子も喘ぎ喘ぎ、単身赴任している父親に会ってきたのだ、と話してくれた。

休みでもないこんな時期に、ひとりで父親に会いに行くなんて、何かあったのだろうか。

私は彼女を励ましながら、ついそんなことを考えてしまう。

私が看護師になりたい、と考えはじめたのは、ちょうどこの女の子くらいの頃だった。

母方の祖母がいよいよいけなくなって入院した時、ひとりの素晴しい看護師さんがいたのだ。

すらりとした白衣の姿を、今でもはっきり思い出せる。それまで、大人になった自分を想像することができなかった私に、とうとう未来への展望のようなものを与えてくれたのが彼女だった。献身的で安定した態度、的確な動作、慎(つつ)ましい言葉の奥にある心地よい活気。それらは皆、きちんと自分を信じている人だけが持つことのできるものだ、と十五歳の私は熱に浮かされたように考えた。私はいつもクラスで一、二番の成績だったけれど、いくら勉強しても、あるいは化粧をしたり、高校生のバイクの後ろにのってみたり、そんなことをいくらしても自分を探し当てることはできなかった。その出会いは決定的だった。

　実際、今考えても、彼女は看護師が天職のような人だったと思う。寝たきりの祖母に寝返りをうたせるという重労働を、彼女は誰よりもこまめに丁寧にやってくれた。彼女が病室に来ると、祖母は心底安心したように目を細めたものだ。そして自分が若かった頃の話、孫の私が一度もきいたことのなかった話をしはじめるのだった。当時はとてもハイカラな職業だった、タイピストをしていたことなどを。

　でも私が看護師になりたいと心を決めたのは、その看護師さんのせいばかりではなかった。その頃から私は、早く家を出たいと考えていたのだ。母へのこんがらがった感情から、一刻も早く抜け出さないことには窒息(ちっそく)しそうだった。相変わらず死んだ父の話を私が持ち出すと、あたりさわりのない思い出話はするものの、どこかかたくなになってしまう、そんな母がきらいできらいでたまらないかと思うと、そのすぐあとに、母のためなら自分の命を投げ出してもかまわない、と私は泣くのだった。——かわいそうな、いじらしいおかあさん。辛(つら)い目に遭(あ)って、苦労して、今では義父にすべてを任せきって、何ひとつ自分で決めようともしない——。そしてまたしばらくすると、再婚してからすっかり安心したように太ってしまった母に対する苛立(いらだ)ちがやってくる。心のなかでは同じひとつの声が渦巻(うずま)いていた。「おかあさんはほんとうに仕合わせなの？　仕合わせなふりをしているだけじゃないの？」と。

　いったいどういう大人になりたいのか、祖母の病院に行くまではそんなことさえ皆目わからなかったというのに、とにかく家を出て独立することを思い詰めていた私は、看護師という職業が自分にうってつけだと考えた。その罰なのだろうか。今、勤めていた病院も辞め、ひどく行き詰まることになってしまったのは、十五歳の私の抱いた動機のなかに不純なものがあったせいなのだろうか。

　着陸態勢に入ったアナウンスが流れ、女の子の汗ばんだ手が、ぎゅっと強く私の手を握った。

「あと少しで着くからね」

　肉の薄い彼女の腹部に、もう一度手を当てる。痛みがじかに伝わってきたような気がして、一瞬ぎくりとしてしまう。

この子はたしかに我慢強い。それも、私が思っていたより、ずっと。

「手、あてておいて」

目を閉じたまま、女の子はかすかな声で言った。

そうだ、私は人一倍熱心に働きはしたものの、いい看護師とは言えなかった。盲腸を切る程度の手術を前にして、大の大人がこわがって泣いたりすると、口では励ますようなことを言いながら、心の底で苦々しく思っていたのだ……。でも今、どうして私には、この子の感じている痛みがこんなに伝わってくるのだろう。二度と病院には戻らないと決めた、今になって。

やがて空港に着き、救急車に乗せられた彼女が去ってからも、私の手のなかには熱い痛みが残っていた。すっかり新しくなった空港の巨大なロビーの真ん中で、私はしばらくの間、案内板を見るようなふりをして立ち止まり、ポケットのなかのその手を握りしめていた。

『ポプラの秋』（新潮文庫）より部分掲載

ポプラの秋

もっと読みたい

飛行機の中で、偶然、乗客の少女を看護することになった「私」は、高校生のときに一人の看護師に憧れ、未来を決めたことを思い出す。大人の自分など思い描くことができずにいた当時、その人との出会いと母からの独立したい思いが決定的だったのだ。

「母へのこんがらがった感情」は、小学生のときから現在まで続いている。急死した父について何一つ語らない母との生活が始まったとき、「私」はあらゆる物事を心配し不安におびえていた。その「私」に向かって、大家の「おばあさん」はあの世へ届ける手紙をどっさり預かっていると言った。しわの深いおでこ、三本しかない下の前歯、じろりじろりと動く目、一枚しか雨戸を開けていない薄暗い部屋に住む「おばあさん」。「私」は三年間、父宛ての手紙を書き続けて託したのだった。

小学生の眼差しは真っ直ぐで微笑ましい。今日一日を精一杯伝えようと語りかける手紙とその情景は、「だーいじに」生きることを思い出させる。（高山）

もっともっと読みたい

湯本香樹実『夏の庭—The Friends—』（新潮文庫）

町外れで暮らしている老人を観察し始めた少年たち。人が死ぬ瞬間を見届けようとしていた彼らは、老人との交流からある発見をする。

森谷明子『春や春』（光文社文庫）

国語教師を見返してやりたい茜（あかね）は、東子とともに俳句甲子園に出場しようと思いつく。俳句の頂点をめざして、少女たちの挑戦が始まる。

似鳥鶏（にたどりけい）『理由（わけ）あって冬に出る』（創元推理文庫）

市立高校の芸術棟に、フルートを吹く幽霊が出るという噂（うわさ）が広まった。練習ができなくなった吹奏楽部を救うため、葉山君が立ち上がる。

世界を覆す呪文を求めて

穂村弘

半ズボンをはいて、ランドセルを背負い、カブト虫を捕まえることが人生最大の目標だった頃、私は世界の中で楽々と呼吸をすることができた。子供の生活にも、それなりに辛いことや悲しいことがあったが、それらはいわば等身大の辛さや悲しみといったものだった。

ところが十歳を過ぎた頃、私が〈私〉というものを意識するようになったとたん、世界は気味の悪い場所に変わった。胸のあたりが変に息苦しく、見慣れたはずの景色が違う。自転車に乗って遊んでいる自分と、家で夜御飯を食べている自分と、教室でノートをとっている自分とが、ひとつのものという感じがしなくなって、どんどんばらばらになっていくようだった。

ある夏の夜、自分もいつか死ぬんだということが急に生々しく迫ってきて怖ろしくなった。勉強机に散らばった教科書や消しゴムやシールが脈打つように生き生きと感じられて、それらのすべてが、いつか死ぬ、いつか死ぬ、いつか死ぬ、と繰り返しているのだった。モノたちの輪郭（りんかく）が銀色に光って耳の奥がきーんと鳴り出した。あわててもぐった布団のなかで、かたく目をつぶって震（ふる）えながら、私は思った。カブト虫を捕まえている場合ではない。ノコギリクワガタを捕まえている場合ではない。カナブンを捕まえている場合ではない。宇宙とは何か、時間とは何か、生命とは何か。一刻も早くそれらを知らなければならない。そうしないと、このままでは、いつか僕はほんとうに死んでしまう。

翌日、私は駅前の大きな本屋に行って、世界の意味が書いてありそうな本を探した。宇宙と時間、マンガ「進化論」、人間の尊厳を守ろう。だが、どれを見てもなんだかぴんと来ない。何かおかしい。どの本にもこの世界の気味の悪さのことがまったく書かれていないのだ。これはおかしい。こんなに大事なことについて誰も何も言ってないなんて。この本たちではだめだ。この本屋の本は偏（かたよ）っている。私は自転車で知っている本屋を次々に巡った。ところがどの本屋も、どの本屋も、どの本屋も同じことだった。町中の本屋の本が偏っている。本屋巡りと長時間の立ち読みに疲れ切って家に帰ると、子供のくせにそんなに疲れてるなんて変ねえ、と母親が言った。

この気味の悪さを人に話してはいけない、私はそう感じていた。親や教師はもちろん友達にも知られてはいけない。私は同級生の様子をこっそり窺（うかが）って、彼らが世界の不気味さをどう感じているか、なんとか知ろうとした。だが、休み時間のドッジボールに命をかける彼らは、そんなことはまったく何も感じていないように見えた。どういうことだ。わからない。

中学校に入った頃から世界の不気味さはいよいよ本格化した。毎朝起きるたびに辺りには冷たい腐った臭いが充ちていた。「あたらしいあさがきた。きぼうのあさだ。よろこびにむねをひらけ。あおぞらあおげ」というラジオ体操の歌が地獄のテーマソングのように感じられた。なぜみんなは、あれが平気なんだ。わからない。

私は何もできないまま、世界が腐ってゆくのを見ていた。感情が麻痺して、うれしいとか悲しいとか、よくわからなくなった。学校から帰ってすぐに眠り、夜御飯のために起きて、食べ終わるとすぐにまた眠った。いくらでも眠ることができた。朝になって目が覚めると世界は昨日とそっくり同じだった。そんな繰り返しが何日も何ヵ月も何年も続いた。

私は高校生になっていた。毎朝バス停から校門までの道を歩く私の横を、何台もの自転車がすーっと追い越して行った。詰め襟の男子の後ろにセーラー服の女子が横座りになったその自転車が、私には一匹の眩しい生き物のように見えた。私はかっこ悪く地味で目立たない生徒だったが、それ以前にまったく〈駄目〉だった。一度だけ、後輩の女の子に好意を示されたときにも、がちがちに固まって口を利くことができなかった。私はその女の子と仲良くなりたかった。だが、どうしても口が利けなかったのだ。女の子はしばらく困ったように私の前に立っていたが、やがて立ち去った。私は絶望した。

「お前は考え過ぎだ。本の読み過ぎでそんな風になったんだ。もっと自然にすればいい」。同級生は屈託(くったく)なくそう言った。だが、それは逆だ。そんな自分だから本を読み漁(あさ)るようになったのだ。「自然にする」って一体なんだ。わからない。

私は小学校の時の挫折(ざせつ)にもめげずに本を読み続けていた。この不気味な世界を正しい世界に変えるための決定的な呪文(じゅもん)が知りたかったのだ。本棚の背表紙に目を走らせながら、そんな匂いのするものだけを読み漁った。『人間失格』『デミアン』『賢者の石』『虚無への供物』。だが、世界を決定的に変化させるような呪文が記された本には、どうしても出会えない。

その頃の私の夢は、大金持ちになって専属のマッサージ師を二十人雇(やと)うことだった。眠ってばかりいるせいか、私の全身はいつもごりごりに凝(こ)っていた。二十人の専属マッサージ師を雇って、起きている時も眠っている時も二十四時間全身をマッサージし続けてもらうのだ。想像しただけでよだれが出た。マッサージを受けている間、世界の不気味さは私から遠ざかるだろう。

私の肩も背中も首も腿(もも)もふくらはぎも凝っていたが、前腕部は凝らなかった。ところが、その凝っていないはずの前腕部を試しに揉んでみると気持ちが良く、自覚がないだけで本当はそこも凝っていることがわかった。そして前腕部を揉み続けている間中、ずっと気持ちが良く、いつまで揉んでいても「もういい、凝りはほぐれた」という感じには決してならない。これは自分の前腕部が「今ここに在るようなあり方では存在したくない」とずっと感じ続けているからだ、と私は思った。

肩も背中も首も腿もふくらはぎも、私の全身は常に「こんな風に存在したくない」という願いを抱いたまま、いやいや〈私〉を構成しているのだった。二十人のマッサージ師による二十四時間マッサージとは、「自分が今この世界に存在していない」という状況を疑似的に作り出すための手だてなのである。

わかっていた。初めからわかってたのだ。二十人のマッサージ師も、二十四時間マッサージも、問題の本質的な解決にはならない。いくら肩がぱんぱんでも首がごりごりでも、私の心はこの世界から消えたくなんかないのだ。私は私の全身が「このように在ることができて嬉しい」と喜ぶような存在のあり方をどうしても獲得しなければならない。

気味の悪い世界を脱出して別の場所へ行くことができないのなら、なんとかしてこの不気味世界に打ち勝つしかない。

だが現実には、不気味世界と私の力関係においては、圧倒的に相手の方が強かった。打ち勝つどころか、睡眠を除けば、世界が見逃しているほんの小さな安息地帯をみつけることすらできない有様だった。

そして何よりも、これらの考えのすべては単なる自意識過剰な怠(なま)け者の妄想かもしれないのだった。現実の生活では、私は飢えたこともなければ、親を亡くしたわけでもなく、アルバイトでお金を得たことすらなかった。兄弟もなく、ガールフレンドもなく、友達も少なく、いつも眠ってばかりで、たまに目覚めては「不気味世界」とか呟(つぶや)いている自分の方がよっぽど不気味ではないか。そう思うと情けなかった。

ただ一度きりのかけがえのない生を、なぜ思うように生きることができないのか。いくら本を読んでも、理屈を考えても、この世界の中で私は何ひとつしたことがない。いつでも、どこへいっても、私は何かを試みる以前にまったく〈駄目〉であった。

★

大学二年のとき、図書館で偶然開いた雑誌の中に、林あまりの歌をみつけた。

教室のいつもと反対側の席選ぶ日
なにか　さあ、殺さねば

きょう言った「どうせ」の回数あげつらう男を殴り
　春めいている
なにもかも派手な祭りの夜のゆめ火でも見てなよ
　さよなら、あんた
朝日撮りに出かけていったの、兄
　そういえばあなたも立ちあがる気配

面白いな、と思った。なんだか、乱暴で新鮮だ。短歌って、別に昔の言葉を使わなくてもいいのか。これなら、言葉を五七五七七に当てはめるだけなら、僕にもできるんじゃないか、そう思って、試しに十二ヵ月の歌を作ってみた。十二月からはじまって十一月まで。

風の夜初めて火をみる猫の目の君がかぶりを振る十二月
停止中のエスカレーター降りるたび声たててふたり笑う一月
九官鳥しゃべらぬ朝にダイレクトメール凍って届く二月
フーガさえぎってうしろより抱けば黒鍵に指紋光る三月
郵便配達夫（メイルマン）の髪整えるくし使いドアのレンズにふくらむ四月

「あなたの心はとても邪悪です」と牧師の瞳も素敵な五月
泣きながら試験管振れば紫の水透明に変わる六月
限りなく音よ狂えと朝凪の光に音叉投げる七月
プードルの首根っ子押さえてトリミング種痘の痕なき肩よ八月
置き去りにされた眼鏡が砂浜で光の束をみている九月
錆びてゆく廃車の山のミラーたちいっせいに空映せ十月
水薬の表面張力ゆれやまず空に電線鳴る十一月

あの暗くて不気味な世界が、歌の中ではこんな風になるのか、と思っておかしかった。この情けない自分が、こんな風になるのか。

だが、言葉を五七五七七のかたちに当てはめることは、世界全体の不気味さに比べてあまりにも小さな行為に思えた。それでも私はこの遊びのような歌作りを続けた。五・七・五・七・七と指を折って、ほとんどすべての単語の意味を辞書で確かめながら、少しずつ言葉を組み立てていった。逃げ回る言葉を捕まえそこねたり、暴れ回る言葉を強く握り過ぎてぶっ潰してしまったり、失敗の連続だったが、気にならなかった。もともとの自分の〈駄目〉さに比べれば、そんなことはどうでもいいことだった。

それが「何かをする」ことだとはとても思えないままに、私は学校の購買部で買った長方形のカードに少しずつ歌を書きためていった。歌を書きつけたカードの束は自分ひとりにしか意味のない、頼りないものに感じられた。

授業中、いつものように歌を作って、それを書きつけたカードの束をトントンと揃(そろ)えていると、ぼんやりと湧(わ)きあがってくる感覚があった。あれはまちがいだった。あれはまちがいだった。世界を変えるための呪文を本屋で探そうとしたのはまちがいだった。どこかの誰かが作った呪文を求めたのはまちがいだった。僕は僕だけの、自分専用の呪文を作らなくては駄目だ。ああ、そうか、ともうひとりの僕が思う。三階教室の窓の外には、名前のわからない樹の先っぽが揺れていた。

それまでに誰も考えなかったような、自分だけの呪文を意識して歌を作るようになった。それとともに、誰か僕の呪文を好きになってくれないだろうか。誰かそれを覚えていっしょに唱えてくれないだろうか。そんな風に思うようになった。たまたま隣の席に座った友達に歌のカードを見せてみた。友達はちょっと困ったように歌を見て「いいね」と言った。

私の呪文は明らかに不完全だった。だが完璧でなくても呪文は効くのではないか。一㎜、一㎎、一cc、一℃、ほんの少しだけ、目に見えないくらいの影響をこの世界に与えないだろうか。完璧(かんぺき)でなくてもいい。完璧でなくても、完璧を目指して、蛇のようにしつこく何度も作ればいい。

歌のカードが五十枚を超える頃、私はぼんやりと感じはじめた。ラジオ体操の歌があんなにおそろしかったのには意味がある。二人乗りの自転車が眩しい生き物に見えたのには意味がある。女の子に口が利けなかったのには意味がある。自分の考えが自意識過剰な怠け者の妄想としか思えないことには意味がある。世界の不気味さにはすべて意味があるのではないか。どんな意味があるのか、具体的なことはまったくつかめず、世界は依然として気味が悪いままだった。だが、私は気がついたのだ。この不気味さには確かに何か意味がある。

他人の歌を読むようになった。大昔の誰かの歌。会ったことのない誰かの歌。無数の呪文を分析することで、世界の不気味さの意味が見えてこないだろうか。人々が残した熱い言葉を、蛇のように冷たく論理的に読み解くのだ。

歌を作ること、読み解くこと、すべての作業は混沌（こんとん）としていた。それは鈍い苦痛と混乱と誤解と失望と無意味の連続だ。自分がどうやってそれに耐えているのかよくわからないまま、一人で勝手に歌を作り、歌のことを考えて時間が過ぎていった。

やがて歌や文章をいろいろな場所に発表するようになった。あまりにも自分勝手で、蛇のように冷たい私の歌や文章に、さまざまな批判が与えられた。だが、苦にならなかった。

あのラジオ体操の歌に比べれば、他人の声はみな本当に優しい音楽のように感じられた。

　初めてテレビに出たとき、緊張のあまり絶句した。いまどきテレビで緊張するなんて。だが、頭のなかが真っ白になって、何十秒も声が出てこない。周りの人は驚いて僕を見ている。金魚のように口をぱくぱくしながら、私は思う。これには意味がある。テレビで口をぱくぱく。僕はかっこ悪い。ぱくぱく。かっこ悪い。ぱくぱく。僕は〈駄目〉だ。僕は〈駄目〉だ。だが、ぱくぱくには、きっと何か意味がある。その意味を捕まえるのだ。わからなくても、わからない何かを捕まえるのだ。私はそのための方法を少しだけ知っているはずだ。

　探しても、探しても、みつからなかったあの呪文。世界を覆（くつがえ）すためのドミノ倒しの最初の一個は、どこにあったのだろう。わからない。だが、もういい。もう、それどころではない。私はそれを探しながら、いつの間にか、はずみで世界のどこかに触れてしまったらしい。気がつくと、辺りのドミノは倒れはじめていたのだ。


『短歌という爆弾——今すぐ歌人になりたいあなたのために』（小学館文庫）より

世界を覆す呪文を求めて

もっと読みたい

本当に夢中になれる何かを見つけたいと思う人たちに向けて、歌人・穂村弘は言う。「経験的に私が示せる答えがひとつある。それは短歌を作ってみることだ。」「必要なのは、今ここにいる自分の想いや感覚、夢や絶望を、最高のやり方で五七五七七の定型に込めること。それだけで短歌は世界の扉を破るための爆弾になる可能性がある。」

掲載したのは『短歌という爆弾』の終章。自らが生み出した短歌によって、青年は確固たる歌人になったのだ。

穂村弘は、俵万智（たわらまち）と同世代。「卵産む海亀の背に飛び乗って手榴弾（しゅりゅうだん）のピン抜けば朝焼け」などの短歌で、日常生活の鬱屈（うっくつ）とは無縁な世界を描いた。『短歌という爆弾』は短歌入門書だが、歌会や朗読会の様子、歌集出版の苦労など、穂村が歌人として歩んできた道のりを記したエッセイ集としても楽しめる。また、個性的でエッジのきいた現代短歌を多く取り上げ、それぞれの魅力を面白く解き明かしている。

（千葉）

もっともっと読みたい

穂村弘『世界音痴（おんち）』（小学館文庫）

都市に生きる歌人は、「世界」に憧れるが、なかなか「世界」には入っていけない。若き日々の焦（あせ）りを綴（つづ）った本音全開のエッセイ集。

枡野浩一（ますのこういち）『ショートソング』（集英社文庫）

美男子なのにチェリーボーイの克夫（かつお）と、メガネの似合うプレイボーイの伊賀（いが）。吉祥寺を舞台に、二人の青春歌人がぶつかり合う。

笹公人（ささきみひと）『念力家族』（朝日文庫）

念力を持つ家族の不可思議な日常を描いた歌集。「注射針曲がりてとまどう医者を見る念力少女の笑顔まぶしく」など謎に満ちた歌の数々。

「好き」の瞬間

東 直子

小学校、中学校の義務教育時代の自分を冷静に思い返すと、辛(つら)かった、最悪だった、など、ネガティブな言葉ばかり浮かんでしまう。他の子どもたちがやすやすとクリアできることが、たいていうまくできなかった。運動は全般にダメだったし、漢字は覚えられないし、字はへたくそだし、算数は計算間違いばかりだったし、で、なんだか疲れてしまって、常にぼうっとしていたら、ふまじめだと叱られた。眠いな、と思ったときに眠ったらダメで、おしっこしたい、と思ったときにがまんしなくちゃいけなくて、給食はおいしくなくてときどき吐きそうだったし、だいたい友だちと仲良くするためにどんな話をしていいかもわからなかった。とにかく、先生にも、クラスメートにも持て余されてしまうような、はみだした子どもだった、と思う。

そんな私にも親切にしてくれる子はいた。学級委員のＦくん。頭がよくて、子どもながらに人徳があったために、私のようなみそっかすにも平等に優しくしてくれただけだったのだと思うが、何を質問してもバカにしたりせず、やさしく答えてくれることが、うれしくてしかたがなかった。算数の問題の解き方を教えてくれるときの、おだやかな声、長い睫毛(まつげ)、短くきちんと切りそろえられた爪。いいな、と思った。全部いいな、と。ザ・優等生への、ザ・劣等生からの、ザ・（切ない）初恋だった。

あるとき、体育の時間の前の着替えをしているとき、Ｆくんの周りがざわざわしていた。おい、見せろよ、とやんちゃな男子がＦくんの体操服をまくり上げた。すると、Ｆくんの胸の中央にガラスコップをさかさまに押したようなくぼみが見えた。あとから漏斗胸(ろうときょう)という名前がついていることを知ったのだが、Ｆくんはそれを、苦笑いしながらも必死で隠そうとしていた。見ていて、胸がきゅんとなった。ますますＦくんのことが好きになった。好きで好きで、たまらなくなった。

第4章

この家に生まれ

～家族がいるから

この家に生まれ小春の庭帚

藺草慶子『野の琴』

父もまた見てゐしといふ秋の虹

石田郷子『秋の顔』

受験時の実家の匂ひがする炬燵

北大路翼『時の瘡蓋』

萵苣ちぎる母と娘の声は似て

矢野玲奈『森を離れて』

陸にゐる母へ浅蜊を見せにゆく

小野あらた

弟

江國香織

お葬式というのは、どうして夏ばかりなんだろう。母も叔父も、祖母も夏に死んだ。近所でお葬式があるのもきまって夏で、子供の頃、霊柩車がいってしまうまで親指を握りしめていると、手のひらがじっとりと汗ばんだ。おととし町会長さんが亡くなったのも七月で、惜し気もなく降る蟬の声に、夫人の挨拶がまるできこえなかった。打ち水をしたアスファルト。苦し気な日ざしの中で、参列者はみんな、白いハンカチで額や首すじを拭っていた。濃い青や赤の、たちあおいの垣根。

きょうはまた、暑い一日だった。

脱いだ喪服を鴨居に掛け、私はスリップ姿のまま畳に横になる。あけ放たれた障子から庭が見える。たっぷりと垂れる緑、父の自慢の苔むした石。弟は、ずいぶんと白いきれいな煙になって、晴れた空にのぼっていった。高い煙突からほっそりと女性的なしぐさでたなびきながら、弟はいかにも気持ちよさそうに、愉快げに笑っていた。

襖の向うで、親戚がみんなお茶をのんでいる。ときどき太い咳払いや女の人の涙声がきこえる。遠慮しいしい歩く人の足音や、これみよがしにどしんどしん歩く人の足音。そのたびに畳がきしむ。もしも今襖があいて、私がここでこんな風に、こんな恰好でだらしなく横になっているのが見つかったら、父は顔を上気させ、すじを立てて怒るだろう。親戚はみんな黙りこむ。そうしてきっと、あとから陰で父の百倍くらい文句をいうのだ。手足が怠い。なつかしい、しずかな部屋に仰向けになり、私は自分の体をもてあます。

夏のお葬式はいやねえ。

母はよくそう言っていた。お葬式から帰ると玄関で父と自分に塩をまく。母のその、さばさばした小気味のいい手つき。父は威張って立っているだけだ。

母はこの部屋で喪服を脱いだ。しゅるりと帯をとく音や、襦袢のたてる涼し気な音が好きだった。その黒い着物の衿や裾や袖口を、母はベンジンで丁寧に拭く。揮発性の匂い、甘い頭痛。私と弟は部屋の隅で膝をかかえ、黙ってそれをじっと見ていた。仄暗い八畳間を、風が渡っていく。

火葬場から戻る車の中で、父の後妻はぼってりとむくんだ顔で私を見た。化粧がくずれてひどいありさまだ。気丈ねえ、と腫れあがった目が言っていた。弟のお葬式だというのに涙一つみせない私が、彼女には理解できないのだ。父の後妻は、お葬式といえば必ず目を赤くする。それが町会長のお葬式でも、会ったこともない遠い親戚のお葬式でも。

　私は、お葬式をかなしいものだと思ったことなど一ぺんもない。

はじめてのお葬式は、祖母のそれだった。弟が小学校に入学したばかりの夏だったので、もう二十年ちかく前のことになる。このおなじ襖の向う、この家のなかでいちばんひろい十四畳敷きの和室に、きょうとおなじように人があつまり、おなじように飾りたてられた祭壇がしつらえられていた。ただ、木魚の音だけは、きょうよりもあの日の方が、ずっと長閑(のどか)にひびいていたように思う。死んだ人の年齢のせいだろうか。白檀(びゃくだん)の匂いが、お線香ではなく扇子(せんす)からたちのぼっていた。母の数珠(じゅず)は薄紫の水晶で、縁側からの日があたるときらめいた。遺影の祖母はウールの羽織を着てまぶしそうな顔でわらっており、無論写真は白黒だったのだが、それが祖母の愛用していた濃い抹茶色の羽織りだということは、すぐにわかった。暑そうだと思ったのを憶(おぼ)えている。散歩にでるとき、彼女はいつもこの羽織りを着て、おなじ抹茶色のビロードの鼻緒(はなお)のついた、いい音のする下駄(げた)をはいていた。

　もともと小柄だった祖母は柩(ひつぎ)の中でますます小さく縮こまり、柔和というよりも少しまのぬけた、穏やかな顔で花に埋もれていた。口元がいつもとちがうと思った。死んだからちがうのだろうと思った。私も弟も、死んだ人を見るのははじめてだったが、ちっとも怖くなかった。なにもかも、とても自然だった。
夜は、白い大きな提灯(ちょうちん)をつるす。ほたるがたくさんきた。池の水はなめらかな苔色で、藻(も)がゆらゆら揺れている。私と弟はとび石づたいにけんけんをして、じゃんけんに負けると道をゆずっては端からやりなおす、「どーん、ちっけった」をしていつまでも庭で遊んだ。いつまで遊んでいても叱(しか)られなかった。大人はみんな、お酒や仕出し弁当の準備に忙しかったのだ。

「ころばないでね」

ぴょんぴょんと勢いよく、石から石へとびうつっている弟に言う。あの頃、弟の髪は母がヘルメットのような形に切り揃(そろ)えていて、その黒い髪が、弟の跳(は)ねるたびに闇(やみ)の中でつやつやと上下に揺れた。弟は、以前にこうしてとび石をとんでいて、ころんで爪(つめ)をはがしたことがある。あのとき、火がついたように泣く弟を抱きかかえ、裏庭で切ったアロエをその小さな足指にあてがって、手際(てぎわ)よく包帯をまいてくれたのは祖母だった。

「ころばないよ」

人が死ぬというのがどういうことか、私たちにはちゃんとわかっていた。

祖母の柩に花を入れ、教えられたとおりに手をあわせてしまうと、私たちにはもうすることがなかった。弔問客は昼も夜もやってくる。似たような顔の似たような人たち、似たような挨拶と似たようなため息。その奇妙で特別な日々は、私と弟の外側で、果てしなく続くかのように思われた。暑さと疎外感と退屈とで、私たちはすっかり倦んでいた。

その一方で、放っておかれる自由だけはあり余るほど感じていた。いま二人で旅にでれば、永遠に戻らずにすむような気がした。あたためられた地面からたちのぼる陽炎の、めまいにも似た感じ。いなくなっても誰も気がつかない。そう思うことの、ぞっとするような自由とつきあげる歓喜。

「暑いねえ」

私たちは日に何度もそう言って、台所にいってはジュースをのんだ。

お葬式ごっこを思いついたのは、そういう日々だった。はじめ、それは弔問客たちがいる部屋の隣、この八畳間でこっそりとくり返された。シンプルな遊びで、まず片方が畳に仰向けに寝る。もう一方は最初遺族役なので、安手のテレビドラマによくあるように、寝ている者の体にとりすがって揺さぶる。いやあ、死なないでっ。死なないでえ。

不思議なもので、こうされると寝ている方はなんだか後ろ髪をひかれる思いがする。口のあたりをむずむずと歪めたくなるのだが、じっと我慢しなければならない。そして、ここからがいよいよクライマックスだ。押し入れから掛け布団を一枚だしてきて、それをひろげて両手で持つと、寝ている者の足元に立ち、さき程の遺族役は火葬場の焼き係役を経て、一転、火そのものの役になる。

「では」

神妙な声で低くつぶやき（これが焼き係役）、

「ゴオーッ」

という大声と共に、死人の上に布団ごと被さるように落ちるのだ。ゴオーッ。その声が大切で、死人はいくら覚悟していても、その怪獣の吠え声の如き大声にぎょっとなり、にわかに断末魔の気持ちが味わえる。続いて布団もろとも相手が落ちてくるのだが、布団が日ざしを遮るので、目をつぶっていても闇が落ちてくる。まるで、自分がどこかへ転落していくようだった。ばさり、と、風が一瞬前髪を持ちあげる。火役は死人がつぶれないよう注意して四つんばいになるのだが、それでも、布団が被さる瞬間は、体重がかなりまともに寝ている者にかかる。その衝撃が、また死にとてもふさわしかった。

私たちはこの遊びに夢中になった。代りばんこに畳に横になり、何度でも死んだ。そして、片方が立ちあがって片方が横になり、そそくさと役がらを交代するあいだ、二人ともつねに無言で、できるだけ厳粛な雰囲気をだそうとした。しかし、テンションがあがりすぎると軽い興奮状態になり、おさえきれずにくつくつ笑った。いったん笑うととまらなくなり、私も弟も、声を殺して苦しいほど笑った。あけ放たれた障子の向うでは、やはり庭ていった。

の縁があかるく濡れ、手前の日なたくさい縁側を、大人たちがときどき足早にとおりすぎていった。

そのうちに、私たちはそれをおもてでやることを思いついた。家の裏手には、うってつけの小さな山があり、しかも、その山道をのぼるとほんとうのお墓にでるのだ。私と弟は、四つにたたんだ掛け布団を二人で抱え、まるでピクニックにでもいくような気持ちで裏山にのぼった。二人とも、白い帽子をかぶっていた。日射病は怖いんだからと、母に厳しくいわれていたのだ。私は帽子が嫌いだった。視界が狭くなるし、汗をかくと額がちくちくして鬱陶しい。ただでさえ暑いのに、なんだってわざわざ帽子までかぶるのだろうと思っていた。それに比べると弟はずっと従順で、私が帽子について不平を言うと、かぶっていることを忘れちゃえばいいじゃないか、と、役にも立たないアドヴァイスをしてくれるのだった。

私ははだしにゴムぞうり、弟ははだしに運動靴をはいていた。日陰を選んで歩いたので、土は黒っぽく湿ってやわらかく匂い、一歩ごとにしわりと手応えがある。蟬ばかりじゃなく、鳥も鳴いた。きろきろきろ、とかん高く鳴くのや、ぷちぷちと小さくはじけるように鳴く鳥を憶えている。どうしても布団をひきずるので、歩いているうちに、その白いカバーのかけられた夏掛け——山水画の描かれた青い布団だったのだが——は、まわりじゅうに泥がつき、よれよれになってしまった。

　私たちの気に入りの場所は、お墓に続く砂利道を途中で右に折れ、夏木立の中をずんずんすすんだところにある小さな窪地で、うつぼ草の花が咲いていた。ねそべると、ぽっかりとまるく空が見える。とてもしずかな場所だった。かなり奥まっていたので空気がひんやりし、秘密の火葬場には、これ以上ないくらいふさわしかった。

　木々の深い匂いと土のつめたさ、それにめまいのような日ざしの中でするお葬式ごっこは、家の中でするそれの比ではなかった。ゴオーッという声とともに布団が落ちてくる瞬間など、私も弟もうっとりして鼻の穴をふくらませた。

　ゴオーッ。ゴオーッ。ゴオーッ。

　まぶたに炎が見える気がした。こうして日の暮れるまで、私たちは何度でも死に続けた。めくるめく、という言葉がぴったりだった。不思議な興奮と歓喜に胸をつまらせる。そのうちに、二人とも炎を熱演しすぎて声を枯らした。顔をみあわせて笑う。

　帰りみち、私たちはとてもみちたりた、心地よい疲れに体じゅうほてらせて歩いた。泥だらけだった。

　ある日、私はいいことを思いついた。よその子のお葬式をするのだ。野崎健一や森田まさる、阿部圭子や内海祐吉、弟を一度でもいじめたことのある子はみんな、端からお弔いをするのだ。私には、これはすばらしくいい思いつきに思えた。弟は、いたいたしいほどのいじめられっ子だった。

私のその提案に、弟は小躍(こおど)りして喜んだ。まず、気の毒なスケープゴートたちの様子をできるだけ丹念に思いうかべる。野崎健一のうす汚れた縞(しま)のTシャツや、森田まさるの刈り上げられた頭、着たきり雀(すずめ)のジーンズの上下。阿部圭子の暑苦しいハイソックスや、背ばかり高い内海祐吉の、短すぎる半ずぼんと日やけした足。それらをできるだけ詳細に思うかべてから、一人ずつ順繰りに窪地にねかせ、一人ずつゆっくり荼毘(だび)に付す。

ゴオーッ。ゴオーッ。ゴオーッ。

ところが、途中で私は妙なことに気がついた。火役の弟の声が涙ぐんでいるのだ。むきになって残酷な声をだしてはいるが、あいまあいまにしゃくりあげたりする。

「どうしたの」

布団から顔をだして訊(き)くと、弟は小鬼のようにまっ赤な顔をして、かわいそう、と、消え入りそうな声で言った。

「かわいそう」

私は布団の中で絶望する。

「なあに、それ」

もうやめるわけにはいかないのよ、と私が言うと、弟はしょうことなしにうなずいて、健気(けなげ)に遊びを続けようとする。

「弱虫なんだから」

弟の顔は、涙と洟(はな)とよだれでぐしゃぐしゃになっていた。そして、それでも姉に忠実に、あらん限りの声で怒鳴(どな)りながら落ちてくる。狂犬病の犬みたいだと思った。

「ほんとに弱虫なんだから」

なにもかも、ろくなものじゃないと思った。私は土の上にねそべって、弟以外のあらゆる人たちを憎悪(ぞうお)した。

そばに立っていた太い木の幹に、幹と似たような茶色のかまきりがとまっていた。お日様は白っぽくにじんで、地上の温度をぐらぐらと上げていた。


弟は虫が好きだった。

よく縁側に腰かけて、白い、やわらかい、むっちりした足をぶらぶらさせながら、庭の虫を観察していた。なかでもとりわけ弟の気に入っていたのは蛾(が)で、淡いクリーム色の、大きな粉っぽい蛾が網戸にとまってなどいると、弟はいかにも大事そうにそおっと、網戸のこちら側から手をだしてそれに触れた。

第4章

弟

「蛾は親切な虫だよ」
弟はよくそう言った。蛾のあたたかさにくらべたら、蝶々なんてうすっぺらだ、とも。弟は、きゃしゃなピンで一匹ずつ箱にとめられた、きれいな蛾の標本もいくつか持っていた。

その弟を狂喜させたのは蛾のお葬式だ。死んだ蛾をたくさんの蟻がかついでぞろぞろと運ぶ、あの光景ほど弟の心を強くとらえたものはない。

「蟻ってお葬式のためにつくられた虫だね。どんなに遠くにいても、ちゃんと死骸の匂いをかぎつけてやってくるんだ」

弟は目をかがやかせ、縁側からころがり落ちんばかりにかがみこんで言う。蟻の行列はたしかにもの哀しく、日ざしの中で、一匹ごとにとても沈痛な様子にみえた。そういえば、蟻たちのお葬式もきまって夏だ。

「いいお葬式をした御褒美に、砂糖水をつくってやろう」

虫の行列をじゅうぶん眺めおえると、弟はいつもそう言って台所にいき、コップに六分目くらい、白濁した砂糖水をつくって戻ってくる。

「なめてみる?」

首をちょっとすくめて嬉しそうに弟は訊き、私たちはそれをうやうやしく指先ですくうと、二、三度なめて味わった。ぼんやりした味で、なめるとなんだか侘(わび)しくなった。葬式提灯(ぢょうちん)だといって、砂糖をそのまま撒(ま)くこともあった。弟の大盤振る舞いに、蟻たちはむしろ困ったように右往左往していた。

隣の部屋から父の声がきこえる。父はひどいしゃがれ声をしている。

私はぐたりと寝返りをうつ。畳の感触。池のそばでカエルが鳴いている。そろそろお鮨(すし)がくるころだ。それまでに起きあがり、もう一度喪服を着て彼らのところにいかなくてはならない。お酒をもう一升、納戸(なんど)からだしてきた方がいいだろう。

目をつぶると昼間の青空がうかんできた。弟の煙。あれなら神様のところへまっすぐたどりつくだろう。まったく、弟ときたら要領がいいのだ。こんなに晴れた日に、あんなふうにすいすいと気持ちよさそうに。ずるだ。弟のきまりの悪そうな笑顔がみえるみたいだ。

夏のお葬式はいやねえ。

母が喪服をベンジンで拭く。私と弟は部屋の隅で膝を抱え、母のしぐさの一つ一つをじっと見ている。揮発性の匂い、甘い頭痛。仄暗い八畳間を風が渡っていく。

きっと、私もいつか夏に死ぬ。

『すいかの匂い』(新潮文庫)より

弟

もっと読みたい

匂い、手触り、味わい、まぶしさ、湿り気……、子どもには特有の感覚がある。しかし、身体が成長し、新しい知識や処世術を身に付けていく中で、どんどん忘れてしまう。「弟」を含むこの短編集では、その、すっかり忘れていたはずのあの感覚が濃密に蘇（よみがえ）ってくる。好きだったもの、嫌いだったもの、心地よかったこと、怖かったこと、不安だったこと。十一人の少女の、それぞれの夏の秘密めいた出来事を通して、まるで自分もその場に居合わせたかのような気分になる。一つ一つの詩情豊かな言葉には、身体に直接染み込むような確かな説得力があり、主人公とともに子ども時代を追体験できるのである。

弟の葬式に立ち会う姉の、弟との「葬式ごっこ」の記憶。「ごっこ」の葬式は楽しく、かつ真剣に繰り返され、彼らは「何度でも死んだ」。しかし、冒頭の葬式は、一度きり。物語を反芻（はんすう）しながら、生き死にに必ず立ち会う家族という特別な存在を、新しく感じ直すのだった。（東）

もっともっと読みたい

江國香織『きらきらひかる』（新潮文庫）

笑子はアル中、睦月には男の恋人がいる。すべてを認め合って結婚したはずだったのに……。若い夫婦が自分らしさを見つけていく。

角田光代（かくたみつよ）『キッドナップ・ツアー』（新潮文庫）

夏休みの初日、私はおとうさんにユウカイ（キッドナップ）された。だらしなくて子どものようなおとうさんと、まっすぐな少女ハル。二人で過ごす夏休み。

佐川光晴『おれのおばさん』（集英社文庫）

突然、父が逮捕され、家族は離散することに。中学生のおれは養護施設で働くおばさんに預けられる。おれは出会いの中から学んでいく。

ゼバスチアンからの電話

イリーナ・コルシュノフ　作
石川素子（いしかわもとこ）・吉原高志（よしはらたかし）　訳

十七歳の少女「わたし」（ザビーネ）の家では、何をするにも父の意見が最優先される。母は父の言いなり。父の提案により一家は、都会から遠く離れたエッラーリンクというのどかな町に家を買う。


ベアティは、ゼリー寄せを一休みして、郵便受けを見に行かされた。そして手紙を一通持って戻ってきた。「ママにだよ」

母は受け取ると、封筒に目を落とした。「ハンニおばさんからよ！　この震（ふる）えた字！　もう八十になるんだものね」

「やった！」ベアティは大きな声を出した。「もしかして、ぼくたちにまたお金送ってくれるんじゃない？」

ハンニおばさんは、おばあちゃんの妹で、ハンブルクの近郊の村に住んでいる。戦争中、ミュンヒェンに爆弾がたくさん落とされたとき、母は一年近くハンニおばさんのところに住んでいた。この頃が、子ども時代で一番いい時だった、と母は言う。ハンニおばさんは、おばあちゃんのように神経質ではなかったので、母は思う存分おてんばができた。母は、そのころの話をするときは今でも幸せそうに見える。

「おばさん、どうしてるかしら」母は手紙の封を切り、読み始めた。

「おい、まだジャガイモ炒めあるかい?」父が聞いた。

「まあ」母が小さな声で言った。

「なにが、まあ、なんだい?」父は自分の皿を母のほうに押した。「ジャガイモ炒めがあるかどうか、聞いてるんだ」

「ちょっと待って」母は読み続けた。そこで、わたしが立ち、レンジからフライパンを取ってきた。

「なにかあったのかい?」父は、ジャガイモを自分の皿に山盛りにしながら聞いた。

母はすぐに答えなかった。それから言った。「ハンニおばさんが、わたしに千マルク送ってくれるんですって!」

「なんだって?」父が大声で言った。「千マルク? いったい、どうして?」

「どうせ、お金の値打ちはどんどん下がっていくし、自分はもう使うあてもないから、わたしを喜ばせたいって、おばさん」母はすすり泣いた。目には涙を浮かべていた。

「冷たくなってしまってから渡すより、生きてるうちに、暖かい手で渡したい」そう、おばさんは書いていた。

父が手紙を受け取った。「千マルクか？」父はぼそぼそと言った。

ベアティはかん高い声を出した。「すごい！　新しいスキー靴が買える！　ぼくの、もうきついんだ。いいでしょ、ママ、スキー靴？」

母は答えなかった。ベアティの言ったことなど、耳に入っていなかったようだ。

「千マルクか！」父は言った。「千マルクとは、悪くないな。うちのまわりに垣根を作るのに、ちょうど足りるだろう。もうそろそろ限界だったんだ。村じゅうの犬に、うちの庭でおしっこをされちゃ、たまらないからな」

「でも、ぼく、どうしてもスキー靴がほしいんだ」ベアティが口をはさんだ。「ねえ、ママ、いいでしょ？」

母は手紙を取って読むと、また置いた。

「ベアティ、スキー靴はあきらめなさい」と母が言うと、

「そのとおりだ」と、父が言った。「うちにはどうしても垣根が必要なんだ！」父はジャ

ガイモをフォークにのせ、口に運んだ。

「垣根もだめ」母が言った。母の声はいつもとちがっていた。いつもより大きくて、とがっていた。いままで聞いたこともない声だった。

ベアティは黙り、父は驚いてフォークを置いた。

「ロッティ、どうした？」父が聞いた。

「垣根もだめ」母はもう一度言った。「このお金は、わたしが使う。わたし、運転免許を取りたいのよ」

「運転免許？」父はもうすこしでむせるところだった。「おまえが？　おまえ、ガレージだって、ろくに開けられないじゃないか」

すこしのあいだ、母は黙って父を見つめていた。それから言った。「もうたくさん。駅まで片道延々（えんえん）四キロ。冬になれば、道は凍るかもしれないし、雪だって降るわ。自転車盗まれて、知らない人の車にまで乗せてもらわなくちゃならないなんて、もうたくさん」

「また自転車、買えばいいさ」父が言った。「中古の自転車を扱ってる店があるから」

「いやよ！」母があんまり激しく首をふったので、髪の毛が一本、皿の上に落ちた。「中古の自転車なんていらないわ。わたしがほしいのは、車の免許なの。そして毎朝、車であなたを駅まで送って、晩にまた迎えに行く。車は一日じゅう、ここに置いておくの。そして、天気の悪い日は、子どもたちを学校まで送っていく。冷たい足で、何時間も座っていなくてもいいように。天気のいい日には、三人で湖へ泳ぎに行くこともできるわ。わたし、こんないまいましい人里はなれたところに、釘づけになっているのは我慢できないの」

「いまいましい人里はなれたところ」という母の声は、ほとんど金切り声になっていた。

「そうか」父もいつもより大声になった。「うまい口実を考えたもんだな。だが、そんなのは、話にもならない。垣根が必要だ」

母は冷めてしまったジャガイモに目を落とした。「わたしのお金よ」母は言った。「ハンニおばさんは、わたしにくれたのよ。わたしに。わたしはどうしても運転免許が取りたいの」

「ぼくのスキー靴は？」ベアティがわめいた。

「黙ってなさいよ、ベアティ」わたしは言った。「せめてこんな時ぐらい！」

わたしは母を見ていた。今の母はとてもいいと思った。母は頬(ほお)を赤くしていた。目は興奮で輝いていた。父にあれだけ言うには、ものすごい勇気がいったにちがいない。最後までがんばり通すだけの勇気があるかどうか、自分でもわかっていないんじゃないだろうか。でも、母は一歩踏み出したんだ。そんな母を、わたしはいいと思った。

「わかって欲しいの、ハインツ」母が言った。「だって、なんとかしないと……」

「話にならない」父が母の言葉をさえぎった。「今のうちの状況を考えてみろ！」父は、二度、三度、大きく息をした。「そんなばかな考えは忘れることだ。そんなことに使う金はうちにはないからな！」

「ちょっと待って、ハインツ」母が言った。「わたしにはお金があるわ。そのお金で、わたし、免許を取るわ」

父が自分の皿を突きとばした。皿はテーブルを横切ってすべった。それから父はどなりだした。父はめったにどならない。でも、いったんどなりだすと、窓ガラスがびりびりいうほど、どなり散らすのだ。「ばかばかしい！ 自分の免許だって！ 金を捨てるようなもんだ！ ローンをどうやって払えばいいかって時に！ 話にならない！ 絶対に認めないぞ！」

「やめてよ、パパ！」ベアティは小さな声でそう言うと、母にくっついた。

母はベアティを抱きよせた。「大丈夫よ、ベアティ。なにも心配しなくていいから」

「ばかばかしい！」父はもう一度言った。でも、さっきよりは小さな声で。「頭がどうかしたんじゃないか？」父は真っ赤な顔をして、汗をかいていた。わたしは、父がかわいそうになった。

「パパ、落ち着いてよ」わたしは言った。

「おまえはつべこべ言うんじゃない！」父はまたもや大声でどなり始めた。「いいな、わかったか？　おまえもだ、ロッティ」

母は身動きひとつしないで座っていた。ベアティを腕に抱いて、すこしも手をつけていない皿を前にして。

「十八年間、わたしはあなたの望むことだけをしてきたわ」母が小さな声で言った。「こんな片田舎にだって、いっしょに引っ越してきた。それなのに、あなたは、わたしがただの一度だけ自分のしたいことをしようとすると、それがものすごい裏切りででもあるみたいにどなり散らすんだわ。でも、わたしは、免許を取ります。絶対、取ります。本気よ。免許が取れたら、半日のパートを探すわ。そうすれば、すこしは足しになるだろうし、今ほど切りつめないですむだろうし、ストッキングの一足や二足破れたぐらいで、神経が参ってしまうこともないだろうし」母はため息をついた。そしてフォークを取ると、自分の皿にのっているものを食べ始めた。

父は母をじっと見ていた。まるで、戸口に立っている見知らぬ人を見るように。

「好きなようにしろ」父はそう言うと、部屋から出て行った。バタンとドアの閉まる音。階段を上っていく音。あとはなにも聞こえなかった。

運転免許、半日のパート。わたしは賛成だ。母が正しいと思う。でも、なにもかも一度に言わないほうが、よかったかもしれない。

父は母が働くことにずっと反対していた。

「子どもたちを、鍵(かぎ)っ子にだけはしたくないんだ」と、父は言っていた。「一番大切なのは、お金ではないさ。『ふとんに合わせて、足を伸ばせ』だ。身分相応(そうおう)に暮らせばいい」

でも、もうベアティもわたしも、もう小さな子どもってわけじゃないし、もうすこし大きなふとんで寝たって、なにも害はないだろう。そういうお金の話は別にしても、母がまた社会に出るのはいいことだと思う。昔、わたしが生まれる前には、母は診療助手をしていた。そういうことなら、また母にもできるかもしれない。わたしは母の考えに賛成だ。だけど、父には一口ずつ切って出すべきだっただろう。父は、こんな大きなかたまりは食べ慣れていないから。

「ママ、パパと離婚するの?」ベアティが泣き声で言った。

「どうしてそんなこと?」母が聞いた。

「だって、パパとママ、すごいけんかするんだもん」

母はベアティの髪をなでた。「心配いらないわよ、ベアティ。誰だってけんかはするわ。ベアティだって、友だちとけんかすることあるでしょ。でも、また仲直りするじゃない、ね」

「ほんとう？」ベアティは心配そうに母を見た。「パパがいなくなっちゃうなんて、ぼく、やだよ」

母はまたベアティの髪をなでた。「ママだって、いやよ、ベアティ。あなたたちにまで、あんな話聞かせて、ごめんなさいね」

母は立ち上がり、食卓を片づけ始めた。わたしは、ジャガイモ炒めの匂いを台所から出すために窓を開けた。ざあざあという切れ目ない雨の音。これから、ギーザの家へ行くことになっていた。きっと、またびしょ濡れになるだろう。ほんとうは、父に車で送ってもらおうと思っていたけど、それどころじゃなさそう。

『ゼバスチアンからの電話』（白水社）より部分掲載

ゼバスチアンからの電話

もっと読みたい

十七歳のザビーネの恋人は、将来有望なバイオリニストのゼバスチアン。化学が好きで活発なザビーネは、いつしか大学進学の夢を捨て、恋人を支えて生きたいと思うようになる。自分らしさを失ったザビーネを見て、ゼバスチアンはイライラすることが増えていき……。

この小説は、ザビーネがゼバスチアンと別れるところから始まる。別れてすぐに、父の提案によりエッラーリンクへの引っ越しが決まる。今まで大事にしてきたすべてから切り離された日々、ザビーネはゼバスチアンとの関係を見つめ直す。父の言いなりだった母が、父に意見して、自分のやり方を主張するようになった姿を見て、ザビーネは今まで自分が自分らしさをなくしていたことに気づくのだ。恋人からの電話をただ待つだけだった少女が、自立した女性へと成長していく一年間の物語。

コルシュノフはドイツの作家。邦訳には『彼の名はヤン』などがある。（千葉）

もっともっと読みたい

イリーナ・コルシュノウ／上田真而子（まにこ） 訳
『だれが君を殺したのか』（岩波書店）

「君」が死んだ。「ぼく」はただ一人の目撃者として警察に呼ばれた。友がいなくなったあとで、「ぼく」は、友や自分自身の存在する意味を問う。

アレックス・スカロウ／金原瑞人（かねはらみずひと）、樋渡正人（ひわたしまさひと） 訳
『タイムライダーズ１・２』（小学館）

タイムトラベルができるようになった二〇四〇年代、歪（ゆが）められた時間の流れを修正するためにリアム、マディ、サルの三人が立ち上がる。

R・J・パラシオ／中井はるの 訳
『Wonder ワンダー』（ほるぷ出版）

顔に障害があるオーガストが学校に通い始めた。生徒たちは彼を恐れたり、避けたり。だが、やがて彼も生徒たちも変わり始める。

本屋さんのダイアナ

柚木麻子

高校三年になり、進路について考えなければならなくなったダイアナ。「ティアラ」と呼ばれている母・有香子は水商売で生計を立て、女手一つでダイアナを育ててきたが、娘には言えない秘密をかかえている。ある日、進路について話し合ううちに、ダイアナは母と大喧嘩し、母のもとを飛び出してしまう。

江ノ電から見える海は、暗い色をしていた。砂浜との境界線が分からない。シーズンオフのせいか、サーファーの姿がちらほら見えるだけで閑散とした印象だ。夕闇がもうすぐそこまで迫っていた。

七里ヶ浜でダイアナは下車した。ここに降り立った十二歳の冬からもう六年近くが経っている。電車を降りるなり、潮の香りが強くまとわりつき、途端に髪が重くなったように感じる。びくっと体の芯が震えるような肌寒さに、秋の深まりを感じる。山に向かって住宅地を突き進み、大きな木造住宅の前でダイアナは立ち止まる。よく手入れされた庭には小さな池があり、鯉が泳いでいた。垣根に挟まれた門の上の「矢島学習塾」という看板もあの頃と少しも変わっていない。あらかじめ電話で連絡し、到着時刻と用件は伝えてあった。

呼び鈴を鳴らしてしばらくすると、引き戸が開き、ひっつめ髪の女の人が姿を現した。困惑した顔が次第に近づいてくる。祖母の姿をダイアナはまじまじと見つめる。本に出てくる「おばあちゃん」とは、白髪に老眼鏡、ふんわりしたショールを肩に纏っているものと決まっているが、この人は小柄ながら引き締まった体型で、髪の毛も黒々としている。おばさんと呼んだ方がずっとふさわしい。ティアラが今年三十四歳なので、五十代でもおかしくないのだから当然かもしれない。紺色のニットとくるぶしの見えるパンツはどことなく少年ぽい。縁なし眼鏡の奥の目はいかにも鋭く、どこをどう見てもティアラには全く似ていないが、母親以外の血縁者に出会えた喜びと緊張に足が震えた。

「あの、はじめまして……。ダイアナです」

祖母はこちらまで来ると、ダイアナの髪にそっと手を伸ばした。ほうじ茶と薄荷の匂いがする。どことなく、彩子ちゃんのお母さんと共通する雰囲気を持つ人だと思った。ダイアナは上手(うま)く付き合えるような淡い予感を抱く。

「ダイアナ……？　どんな字を書くの？」

「大きい穴、です。競馬の大穴。世界で一番ラッキーな女の子になりますようにという願いを込めて名付けたそうです」

祖母は、ああ、とうめき、ぐったりとうなだれた。なんだか、申し訳なくなって、ダイアナは口ごもる。多少は予想していたこととはいえ、ここまで自分の存在がショックを与えるとは思わなかったのだ。この場を立ち去ろうか、と考えたその時、やっと祖母が口を開いた。

「ちゃんと食べさせてもらってるの。こんなに痩(や)せて。……とにかく、暗いんだから中にお入りなさい」

祖母は腰を伸ばし、門の中へとダイアナを促(うなが)した。ほっとして後に続く。家に入ると、香ばしい木と煮干しの匂いがした。初めて嗅(か)ぐのに、なんだか懐(なつ)かしい。すべすべとした木の廊下を渡り、畳の広がる部屋に案内された。ぐるりと本棚に囲まれ、窓からは海が見える。部屋の片隅にはブチ猫が丸くなっていて、細い目でこちらを睨(にら)んでいた。仏壇に飾られた写真は祖父のものだろう。ティアラは父親の死を知っているのだろうか。それにしても、まるで向田(むこうだ)ドラマのセットみたい――。家具も食器も驚くほど古い。よく使い込まれた風合いがある。すぐに捨てたり、簡単に買い替えたりしないのだろう。落ち着いて生活している人につきものの、ある種の勇敢さ。それこそがダイアナの欲するものだった。この女性はきっとどんな感情も誤魔化(ごまか)さず、折り合いがつかなくても目を逸(そ)らしたりしないのだろう。出されたほうじ茶は熱く香ばしく、ダイアナはほのかに感動を覚え、なんとかこの場に受け容(い)れられたい思いが強くなる。金髪の自分はいかにも場違いで、焦(あせ)りを感じた。「サザエさん」に出てくるような卓袱台(ちゃぶだい)を挟(はさ)んで、祖母と向き合う。彼女はダイアナの金髪を見つめながら、独り言のようにつぶやいた。

「あの子の兄姉(きょうだい)はみんなちゃんと育ったのにねえ。中学に入るなり、あの子はもう家に寄りつかなくなったの。海のそばに家なんて建てるんじゃなかったわ……。海辺にはたくさん不良がいたからね。遊び相手には困らなかったのよ」

苦々しそうに語る祖母に言うべきか迷ったが、思い切って質問してみる。

「あの、その……、私のお父さんのこと、何かご存じですか?」

「知らないわ。十六の時に、あの子のお腹(なか)が大きくなったの。どうしても産みたい、反対するなら家を出るって言い張って。父親の素性は頑(がん)として言わなかったの。家を出てからは私やお父さんにも、一切連絡をよこさなくなって……」

祖母は当時を思い出してか、暗い顔になった。予想していたとはいえ、失望は隠せない。

が、落ち込んでいる場合ではない。雰囲気を変えねば、とダイアナは部屋を見回す。

「この家、本がたくさんあるんですね」

「あなた、本を読むの？」

少しほっとしたように、祖母は息を漏らす。思いきって、ここは積極的に振る舞おう、とダイアナは奮起する。『アルプスの少女ハイジ』は無邪気で元気な性格だったから、頑ななおじいさんの心をつかんだのだ。ことさらに弾んだ声でうなずく。

「将来は、本屋さんになりたいんです」

「まあ……。有香子も、昔はよく読んだんだけどあるときからぱったり……」

上手く伝えられなくてもいいから、なんとか分かって貰おうと、言葉を探す。

「私、母がよくわからないんです。進路のことで、大喧嘩して家を飛び出しました。ゆうべは漫画喫茶に宿泊しました。私、高校に友達もいないし、訪ねていける場所なんてないんです。そしたら、ふっとここの家のこと、思い出して……。母以外の血縁者に会ってみたくなったんです。そうじゃないと、この世界に母と自分しかいないみたいに感じちゃう。何も決められないし、どこにも行けない気がしちゃって……。知らないうちに母みたいになっちゃうんじゃないかって……」

祖母は黙って、話を聞いてくれた。誰かの前でたくさんしゃべることなどないから緊張するけれど、かなり心が軽くなっている。勢いに任せ、ずっと胸にしまっていた疑問をぶつけてみることにする。

「母は昔は山の上女学園に通ってたんでしょ。こんないいおうちでちゃんとした教育を受けていたのに、全部を捨てて一人で私を産んで……。どうしてそうしなきゃ、いけなかったんでしょうか」

「そうね。私にもよく分からない」

祖母はぽつりとつぶやいた。

「あの子がなんでああなったのか。私たちが何を間違えたのか。何が足りなくて、何が多すぎたのか。教育にはお金を惜しまなかったの。欲しいものは全部与えてやったつもり。でも、あの子はいつも家の外を見てた。海の方ばっかり見てた……。そうだ。あの子が使っていた部屋、見てみる？」

ダイアナが恐る恐る頷(うなず)くと、祖母は腰を上げ、廊下に向かった。突き当たりの小さなドアを開ける。祖母の後に続きながら、後戻りしたい気分にも駆(か)られていた。これ以上進んだら、もう何からも逃げられなくなる予感がした。祖母は部屋の灯(つ)りを点けた。

女の子の部屋としては簡素な印象を受ける。小さな部屋にはベッドと勉強机、天井まで届く本棚があった。そこに並ぶ本を見て、ダイアナは自然と頬(ほお)がほころぶ。『大きな森の小さな家』『怪人二十面相』『ナルニア国物語』『メアリー・ポピンズ』シリーズはすべて揃（そろ）っていた。アガサ・クリスティー、氷室冴子（ひむろさえこ）、三島由紀夫（みしまゆきお）、太宰治（だざいおさむ）、デュマ……。ダイアナも好きな作家がずらりと並ぶ。十五歳とあって、蔵書にも大人と子供が入り交じっているような印象を受けた。そんな中でひときわ目に付いたのは、向田邦子（むこうだくにこ）『父の詫（わ）び状』だった。

　波の音が突然、くっきりと耳に届いた。

　ティアラも自分と同じ年頃には、向田邦子さんに憧（あこが）れて自分だけのお城を持ちたい、スタイルを貫（つらぬ）きたいと胸を熱くしたのだろうか。

　読書好きの少女が、この部屋を捨て、家族と別れ、一人で生きる決意をするまでに一体どんな葛藤（かっとう）があったのだろう。自分との違いとは何なのか？　共通点はあるのか？　ティアラの内側に何が起きているか、ダイアナはこれまで真剣に考えたことがなかった。

　窓から見える灰色の海をしばらく見つめた。海の傍（そば）に居るとふとした瞬間、寂しくなる。母もまた、自分のように「ここではないどこか」を必死に夢見たことがあったのだろうか。恵まれた家に生まれたからといって、自分に与えられた環境に満足できるわけではないのかもしれない。

　彩子ちゃんはどうなんだろう、と急に思った。あの子もあの素敵な家が嫌になったりするのだろうか。

マナーモードにしてあったポケットの携帯電話の着信に気付く。ティアラからだった。恐る恐る取り出し、耳に当てる。氷河が溶けていくように、ダイアナの中でゆっくりと何かが大きく崩れ落ち、体のふちから泡を立ててあふれ出した。

『本屋さんのダイアナ』（新潮文庫）より部分掲載

本屋さんのダイアナ

もっと読みたい

本が大好きな少女は「大穴（ダイアナ）」という名前のせいでからかわれ、友達もできなかった。ただ一人、話しかけてくれたのは、同じクラスの彩子。自由奔放なティアラに育てられたダイアナと、落ち着いた家庭で育った彩子は、見た目も暮らしぶりも全く違っていたが、大好きな本について語り合ううちに親友になる。自力で父親を捜し出そうとするダイアナを、彩子は支えたが、小学校の卒業式を目前にしたある日、ふとしたすれ違いがもとで、彩子はダイアナに絶交を言い渡す。彩子に会えなくなったダイアナは悩みをかかえたまま高校生になる。やがて、ティアラが秘密にしていた父の正体がわかる日が……。

　ダイアナは、モンゴメリの『赤毛のアン』に出てくる、アンの親友の名前。夢見がちなアンを真心で支える存在だ。周囲の人たちとの関わりの中で、主人公が「ダイアナ」の名に込められた真の意味に気づくまでを描いた長編である。（千葉）

もっともっと読みたい

柚木麻子『ランチのアッコちゃん』（双葉文庫）

地味な若手社員の三智子は、部長である「アッコ女史」から一週間のランチ交換を命令される。意外なランチを味わううちに三智子は……。

越谷オサム『階段途中のビッグ・ノイズ』（幻冬舎）

廃部となった軽音楽部を復活させるため、啓人と伸太郎は行動を起こす。部室もなく、階段で練習するしかない軽音楽部の熱き奮闘。

伊坂幸太郎『砂漠』（新潮文庫）

大学で出会った五人組。ボウリングや合コン、ちょっと危ない事件にも出くわしながら、絆を深め、お互いを成長させていく。

世界の隅（すみ）に

～さまざまな状況を生きる

なんとなくかなしくなりて夕暮れの世界の隅に傘（かさ）を忘れる

小島（こじま）なお『乱反射』

足下にまだ生きているミツバチをどうすることもぼくはできない

染野太朗（そめのたろう）『人魚』

転がれるコルクを見ればこの今も誰か撃（う）たるる戦場がある

佐藤モニカ『夏の領域』

この街にもつと横断歩道あれ此岸（しがん）に満つるかなしみのため

田村（たむら）　元（はじめ）『北二十二条西七丁目』

ふりだしに戻るがごとく同じ葉に蜻蛉（とんぼ）のとまることの幾度

光森裕樹（みつもりゆうき）『山椒魚（さんしょううお）が飛んだ日』

神去なあなあ日常

三浦しをん

横浜の高校を卒業後、林業に就職することを前提に、国の助成金を受け山仕事の見習いをすることになった「俺」(平野勇気)。一両のローカル線終点の無人駅から軽トラで一時間、山奥の、何でも「なあなあ」の一言ですませる神去村で一年間暮らす。

よっぽどひどい雨じゃないかぎり、山仕事は休みにならない。梅雨のあいだも、俺たちの班は山に入って働きつづけていた。

六月末にするべき作業は、主に下刈りだ。気温が上がったところへ、たっぷり雨が降るもんだから、山では猛烈に草が丈をのばしていた。特に、春に苗木を植えたばかりの西の山の中腹がすごい。放っておくと、杉が草の勢いに負けて、育たなくなってしまう。

それで、杉があるていど生長するまでは、六月と八月の年二回、下刈りをする。樹高がある杉の森の場合、八月だけでいいそうだ。だけって言ったって……。どっちにしろ、一年に最低一回は、山じゅうの草を刈ってまわらなきゃいけないわけで、気が遠くなる。林業ってほんとに手間がかかるものだ。そのわりには、「斜陽産業」と言われるほど採算が悪いし、でも手入れをしなければ山は荒れるばかりだし、好きじゃないとできない仕事だ。

「木を植えれば環境保護や、ちゅうのは、都会のひとの考えや」

と、巌（いわお）さんは言った。花粉症の季節が終わったので、嬉々（きき）として西の山を登っていく。

あいかわらず霧雨が降りつづけて足場が悪いけど、気にするふうでもない。

「森が酸素を増やす、て言うけど、木も生き物や。呼吸する。当然、二酸化炭素だって出すで」

「言われてみれば、そうですね」

俺はなんとなく、植物は二酸化炭素を吸って酸素を出すだけだと思ってた。だけどそれは、光合成においては、ということで、酸素を吸って二酸化炭素を出す呼吸も、植物はもちろんフツーに行っているんだ。

「だからな、人間の都合で木を植えまくって、それで安心したらあかんのや。やっぱり、大切なのはサイクルやな。手入れもせんで放置するのが『自然』やない。うまくサイクルするよう手を貸して、いい状態の森を維持してこそ、『自然』が保たれるんや」

巌さんはそう言って、手にした大きな鎌で草を刈りはじめた。

「だから勇気、『草がかわいそう!』なんて、アホなこと言うなや」

ヨキが声色を使って俺をからかう。地ごしらえのときの俺の反応を、しつこく覚えているらしい。

「言わないって」

むっとしながら、俺も斜面で鎌を構える。「ところで、村田のおじいさんでしたっけ? お葬式に行かなくていいんですか」

「村やんは急なことやったなあ。そないに悪いとは思うとらんかった」

三郎じいさんが肩を落とす。「俺は今日、早退けして通夜に行くつもりや」

「明日の葬儀には、全員で参列しよう」

と清一さんは言った。「勇気、喪服を持ってるか?」

俺は村に普段着しか持ってこなかった。卒業しちゃったから、高校の制服ってわけにもいかないし、横浜の家に電話して取り寄せようにも時間がない。

「俺のスーツと数珠を貸そう」

と、清一さんが言ってくれた。葬式には香典ってのを持ってくんだよな。いくらぐらい包めばいいんだろう。こういうことを考えてると、「俺も社会人になったんだなあ」って気持ちになる。

清一さんたちの説明によると、神去村では冠婚葬祭のとき、地区単位で住民が協力するんだそうだ。俺は面識ないけど、今回亡(な)くなった村田のおじいさんは、下(しも)地区のひとだ。下地区は昨日から通夜と葬儀の準備にてんてこまいで、女のひとたちは料理を作り、男のひとたちは祭壇を作ったり棺桶(かんおけ)の手配をしたりしているらしい。俺が住んでるのは、村の奥にある神去地区だから、葬儀に顔を出すだけでいい。

薄い霧(きり)が、谷のほうから這(は)いあがって足もとを流れていく。

俺たちは横一列になって、尾根(おね)に向かって草を刈った。柄(え)の長い鎌は、俺の二の腕の高さまである。腰をかがめなくていいから負担は少ないけれど、扱いがむずかしい。

ヨキは楽々と大鎌を振るっている。死神みたいだ。杉の若木をうまく避けて、周囲にはびこる草をどんどん刈る。列のなかで、俺だけが遅れはじめた。

「あせらなくていいぞ」

清一さんが振り返った。「足を切らないように気をつけろ」

そう言われたとたん鎌の刃先がすべり、俺はなんと、草ではなく肝心の杉の若木をすっぱり切り倒してしまった。やべっ。あわててしゃがみ、問題の若木を地面に挿(さ)してみた。

杉は挿し木しても根が生えてくるもんだろうか。こなさそうだな。これじゃごまかせないか……。

気配を感じて振り仰ぐと、ヨキが仁王立ちしている。こういうときにかぎって目ざといんだ。

「アホかー！」

ヨキの怒号が山腹に響いた。「飯の種をちょん切るやつがおるかボケェ！」

わわわ。俺は身を縮め、

「すみません！」

と必死に謝った。謝っても、若木はもうもとに戻らない。

「なああなあ」

と三郎じいさんが取りなし、

「はじめてなんやから、しゃあない」

と巌さんが斜面を下りてきた。「若木の近くの草を刈るときはな。まず、幹の根もとに沿って、刃を上向きに立てる。鎌の背中から、草むらに押し入れるようにするんや」

俺の手を取って、鎌の扱いかたを教えてくれる。

「入れたら、鎌を外がわに倒して、手前に引く。どうや、こうすれば絶対、杉には刃が触れんで草だけ刈れるやろ」

「はい」

コツをつかんだ俺は、気を取り直して下刈りを続行した。しばらくそばで様子を見ていた巌さんも、「その調子や」と俺の肩を叩き、自分の持ち場に戻った。ヨキだけが死神の眼光でにらんでくる。わかったって。今度はちゃんとやるって。

雨と霧と汗で、作業着も髪も重く濡れはじめた。少しでも動きやめると、体温が奪われて寒い。昼の休憩では、山腹で焚き火をした。眼下に見える山の木々に、うっすらと靄がかかっている。遠くの山の頂には、白い雲がかぶっている。薄い霧はひっきりなしに地面を這いのぼる。

「今日は全員、早じまいにしたほうがいいかもしれないな」

清一さんは言い、焚き火を消して念入りに土をかけた。

三時をまわり、そろそろ下山しようかというときだった。そのころには、俺たちは中腹の草をほぼ刈り終え、けっこう高い位置まで登ってきていた。

「おい、神おろしや」

三郎じいさんが緊張をはらんだ声を出したので、俺は鎌を振るう手を止めた。ヨキは神去山のほうを見ている。

神去山の山頂から、白い雲がいっせいになだれ落ちていた。いや、雲じゃなく霧だ。すごく濃い霧が波のように斜面を下り、瞬く間に集落まで押し寄せていく。

全員がなんとなく、清一さんのもとに集まった。ヨキが小声で鋭く、「ノコ！」と呼ぶ。斜面で遊んでいたノコが駆けてくる。気のせいかもしれないけど、尻尾の巻きがいつになく固いようだった。

「神おろしってなんですか」

俺は小さな声で尋ねた。

「神去山から、ああやって霧が流れ落ちることだ」

と清一さんが言った。「あれが起こると、まわりの山も……」

言い終わらないうちに、俺たちのいる西の山にも変化があった。それまでは谷から薄い霧が上がってくるだけだったのに、つかのま、霧の動きが止まったと思ったら、今度は尾根方面からなだれをうって、乳白色の霧が下りてきたんだ。

「うわっ」

あっというまに、俺たちは真っ白な闇に包まれてしまった。すぐ近くにいるはずなのに、清一さんやヨキの姿が見えなくなる。

音が霧に飲みこまれていく。自分がちゃんと地面に立っているのかどうかも、おぼつかない。俺はパニックを起こしそうになった。

「静かに」

清一さんがささやいた。「大丈夫だ。じっとして」

俺は地面に立てていた鎌の柄を強くつかむ。大丈夫だ。ちゃんと、ここにいる。霧のなかで呼吸を整え、動揺を鎮める。

ドーン、ドーンと、太鼓のような音が低くした。神去山が鳴っている。ついで、かすかな鈴の音が響く。幻聴かと思ったけど、ちがう。シャンシャンと澄んだ音が、西の山の尾根から下りてきて、俺たちのすぐ横を通り抜けた。俺はもう、体がすくんでしまって、指一本も動かせない。まばたきもせず、立ちすくんでいた。

なんだ？　いま、なにが通った？

鈴の音は谷のほうへ消えていき、永遠にこのままかと思われた濃い霧も、少し経つと薄らいでいった。

全員が同時に息を吐いた。金縛りが解けたみたいだった。霧が晴れ、班のみんなの顔が見えるようになった。さっきまでは気配も感じ取れなかったけれど、思ったよりもそばに立っていた。

「なんですか、いまの」

俺は呆然として言った。

「だから、神おろしや」

と、ヨキはいつもどおりの態度だ。

「神おろしのあいだは、しゃべってはいけないんや」

巌さんが、肩をまわして凝りをほぐす。「神去の山じゅうに住む神さんたちが、霧にまぎれて出歩かれるでな」

「こんな豪勢な神おろしは、ひさしぶりやなあ」

三郎じいさんは感激しているようだ。

いや、そうじゃなくてさ。と、俺は言いたかったね。神さまとか、そんなあやふやなもんじゃなくて、聞こえたでしょう。妙な太鼓と鈴の音が。俺たちのすぐ横を、なにかが通っていったでしょう。あれが神さま？　あのひんやりして、取りつくしまもないって感じに静かななにかが？

でもみんな、そのことにはまったく触れないんだ。

「さて、撤収しようか」

と清一さんが言って、

「そうだな」「んだ、んだ」と、呑気に斜面を下っていく。あの音を聞いたのか聞かなかったのか、不思議な気配を感じたのかどうなのか、まったくわからない。

山の生き物は、山のもの。山での出来事は、神さまの領域。お邪魔してるだけの人間は、よけいなことには首をつっこまない。

神去村の人々の剛胆(ごうたん)さというか、なあなあぶりを、俺は改めて思い知った。

その夜は、集落に霧がまだ薄く凝(こご)っていて、田んぼに蛍は飛んでいなかった。


『神去なあなあ日常』(徳間文庫)より部分掲載

もっと読みたい

神去なあなあ日常

「俺」（平野勇気）は、神去村の森林組合でチェーンソーの扱いなどの二十日間の研修を受けた後、ヨキの家に住み、中村家の山を専門に手がける班に入る。初日は、崖に近い急斜面に震え、いくつかの尾根を越えて現場に入ったものの、雪起こしに失敗し斜面を転がり落ちる。初めは逃げだすことばかりを考えていたが、少しずつ木に慣れ、村にも慣れていく。

すべてにメリハリがつくような春、夏が近づくにつれ濃くなっていく水のにおい、毎日、違う顔を見せる山での日々が魅力的だ。穏やかでクールな清一、縄一本で木から木へと飛び移る野生人そのもののヨキ、いざというときはヨキが自分の肉を食べさせるにちがいない愛犬のノコなど、勇気は班の面々と「今日もよく働いたなあ」と満足する一日を重ねていく。神去山の森は、三十メートルのエノキ、葉裏が空を覆うほどの樫の木など巨木の集合体、その神様オオヤマヅミさんの大祭は圧巻。（高山）

もっともっと読みたい

三浦しをん『まほろ駅前多田便利軒』（文春文庫）

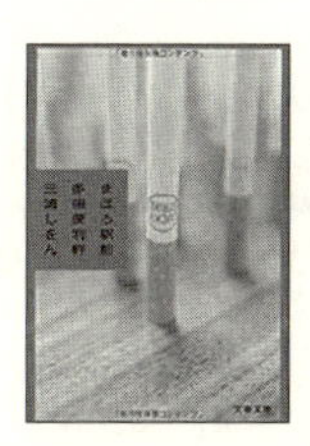

東京のはずれの町。便利屋を営む多田の家に、高校の友人・行天が転がり込む。二人のもとには、ちょっと変わった依頼が寄せられて……。

辻村深月『ハケンアニメ！』（マガジンハウス文庫）

プロデューサーの香屋子は、ようやく天才監督・王子と仕事ができることになったのだが……。アニメ制作の現場に集う若者たちのドラマ。

三上延『ビブリア古書堂の事件手帖～栞子さんと奇妙な客人たち～』（メディアワークス文庫）

本が読めない体質の大輔は、鎌倉の「ビブリア古書堂」で働き始める。店主の栞子は、古書にまつわる謎を、次々に解き明かしていく。

船に乗れ！

藤谷(ふじたに)　治(おさむ)

チェロに打ち込んでいた津島(つしま)サトルは、高校の音楽科に入学した。

土曜日の三時間目と四時間目がオーケストラの授業だった。初めの二回は分奏といって、ヴァイオリンだけ、チェロだけ、金管、木管だけと、パートごとに分かれての練習だったが、一回目の最初は全員が集められた。プルートが発表になるからだ。

プルートというのは、要するにオーケストラの席次だ。これは管楽器はあんまり関係ない。どの楽器も二、三人しかいないから。弦楽器はたくさんいるが、副科の生徒たちは重要視していない。どうせ後ろの方に回されるんだし、指揮者から遠い方が気が楽だからだ。

問題は専攻の生徒たちである。プルートは二人ひと組で、最初がファースト・プルート、もしくはトップといわれる。客席に近いほうが「表」で、その隣が「裏」だ。ファースト・プルートの表が、そのパートの中で一番偉い。次がファーストの裏で、その次がセカンドの表、その次が裏……という具合に、上下関係がきっちり決まっているのだ。中でも第一ヴァイオリンのファースト・プルートの表は、ヴァイオリンだけにとどまらず、そのオーケストラ全体の責任者とみなされる。コンサートマスターの席というのはオーケストラの重役室であり、同時に最前線なのだ。

学園の中を通る私道を渡った隣にある大学の、大きな練習用スタジオに僕たちは集められた。オーケストラ要員は曲目の書かれた貼り紙の隣に貼り出されており、一年生は三分の一くらいしかいなかった。もちろん僕や伊藤(いとう)や鮎川(あゆかわ)など、専攻楽器がピアノでも声楽でもない生徒は全員参加、ほかに副科を持たされた生徒も何人かいたが、半分以上はまだ練習が必要ということで本番には参加せず、分奏とか練習に加わることになっていた。生田(いくた)はコントラバスでいきなり参加が決定した。

めいめい自分の楽器を持って移動した。隅に椅子や譜面台が固まって置いてあるだけの、何もないスタジオでしばらく立ち尽くしていると、オーケストラ授業担任の加藤(かとう)先生が入ってきた。通称カミナリ、口を常にへの字に曲げて髪の毛は荒々しいソヴァージュ、怒ったらこんなに怖い先生はいないといわれる太ったヴァイオリニストのおばさんだった。

「はい私語つつしむ！」カミナリは歩きながら怒鳴った。「そこの三年！　最初からそんなにべちゃくちゃ喋ってたら、新入生にシメシがつかないでしょ！　自覚を持ちなさい！」

スタジオ内にいる百人ほどの高校生が、瞬時に静まり返った。

「気をつけ」三年生らしき生徒の声が、人ごみのどこからかした。「礼」

「よろしくお願いします」

そんな挨拶があると思っていなかった一年生は、慌てて頭を下げた。

カミナリは眼鏡と紙を取り出して、「名前を呼ばれた順番に、椅子を持って向こうに並びなさい」といった。三年女子のコンサートマスターから順番に名前が呼ばれた。第一ヴァイオリンに一年生はいなかった。

「次。第二ヴァイオリン」カミナリは淡々とリストを読み上げていった。「トップ。二年、合田隼人」

「はい」

眼鏡をかけた、頭の良さそうな男子が、奥の方からすっと姿を現した。いかにも「ヴァイオリンを少々たしなんでおります」みたいなお坊ちゃまだ。——もっともお坊ちゃまぶりなら、あの頃の僕もどっこいどっこいだったろう。ただ彼の方が、いわばお坊ちゃまが板についていた。

「同じくトップ。一年生、南枝里子（みなみえりこ）」

「はい」

みんながざわめいた。オーウという声も出た。二年生のヴァイオリン専攻はまだ二人残っていたのに、一年生の名前が呼ばれたからだ。

僕の立っている背後が動き、振り返ると、あのB組の女子が前へ出ようとするところだった。振り返ったとたんに目が合った。あの印象的な、奥の方で輝いている目は、まるで秘密の合図でも送るように、僕に向かってほんのわずか微笑した。

「いちいち騒がない！」カミナリはぴしゃりといった。「次。セカンド……」

セカンドの表は二年生で、裏は鮎川千佳（ちか）だった。鮎川は自分が持ってきた椅子の前に立つと、南枝里子の背中を指でつつき、カミナリにばれない程度に、二人でにこにこしていた。

結局もう一人いた二年生のヴァイオリンは、ヴィオラのトップになっていた。これは二年生にとってはちょっとしたスキャンダルだったらしく、カミナリが怒鳴りつけても私語はささやかれ続けた。

「チェロ！」腹立ち紛れにカミナリの声はこちらへ叩(たた)きつけられた。「トップ。二年、戸(と)田健一(だけんいち)！」

「はいっ」

わざとらしい、ひっくり返った声で返事があって、女子たちはくすくす笑った。

戸田先輩を見たのはこのときが初めてではなかったけれど、ちゃんと挨拶をしたことはなかった。普通にしていてもどこかとぼけた雰囲気のある、目の大きな三枚目だった。

「同じくトップ。一年、津島サトル」

「はい」

僕が隣に立つと、戸田先輩は人なつこそうな顔に大きな笑顔を作って、「よろしく」と小さな声でいった。

「よろしくお願いします」

先輩後輩といった関係は、中学の頃から苦手な僕だったが、一瞬でこの先輩には好感が持てた。自分が予想通りトップの裏であったこともあって、僕は二重に安堵した。

コントラバスのどん尻に生田が呼ばれ、フルートに伊藤が呼ばれて、オーケストラ全員が配置に着いた。沢寛子(さわひろこ)は専攻替えから日も浅いし、三年にも二年にもフルートのうまい生徒がいたために、副科と同じ扱いを受けることになった。

「以上が本年度オーケストラのフルメンバーになります」カミナリはいった。「まずは自分のポジションを覚えなさい。それから、一年と二年は授業の始めと終わりに椅子の出し入れを忘れないように。

毎年いってることですけれど、オーケストラは気持ちをひとつにすることが、何よりも大切です。次に大切なのは、指揮者の指示を忘れないこと。鏑木先生に何度も同じことといわさないように！　出された指示を楽譜にしっかり書いておかないと、あとで大恥かくことになりますよ。それから、一年生は九割九分九厘、これが初めてのオーケストラですから、二年生と三年生は基本的なことをしっかり教えてあげなさい。先輩風吹かせろって意味じゃないわよ！　判りましたか！」

「はーい」

「じゃあこれから分奏に入ります。弦楽器はこのままここに残って、金管、木管、パーカッションはBスタへ移動。十分後に始めるから遅刻しないように！」

周囲がとたんに騒がしくなった。プルートの隣同士になった二人が挨拶したり笑ったりしていた。僕も戸田先輩と言葉を交わした。

「佐伯先生に習ってるんでしょ」

「はい」

「僕はこの学校来る前から大田先生なんだよ。だけど佐伯先生もよく知ってる。あの先生いいよね。大田先生もいいけど、ちょっと真面目すぎるんだよな。……そいでさ、君、ずいぶんうまいんだってね。噂じゃ、もうベートーヴェンのソナタをさらってるって聞いたよ。何番やってんの？」

「ベートーヴェンなんて弾けませんよ」

「本当？　でもうまいんだってねえ。僕なんてブリーヴァルのソナタを習い始めたばっかりだよ。僕はね、ボウイングがとんでもなくヘタクソなんだ。フレーズの十分の一くらいでさ、弓の半分くらい使っちゃうんだよ。だからあと十分の九を残りの半分で弾かなきゃいけなくなるんだ。へへッ。いっつもそうなっちゃうんだ。だから僕の右側にいると、きっと迷惑がかかると思うんだけど、最初に謝っとくね……」

戸田先輩の話しぶりは面白かったし、聞いていて思わず笑ってしまいもしたが、本当は半分くらいしか聞いていなかった。チェロの位置から一番はっきり見えるのは、指揮者を除けば第二ヴァイオリンのトップの席で、今その席ではあの不思議な魅力を持ったB組の女子が、いやもうそんな回りくどいいい方をしなくても、南枝里子といえばいいわけだけど、その南さんが後ろの鮎川や隣の合田先輩なんかに話しかけられながら、そして自分も何かいいながら、誰にも気づかれないくらいの速さでこっちを盗み見ている。その目は僕を観察しているようにも、警戒しているようにも、嫌っているようにも、誘っているようにも見えた。ほかの「女」たちと彼女は、まったく違う存在に思えた。

十分はあっという間に過ぎた。

「オーケストラ練習の規則、第一！」

指揮台に立つやいなや、カミナリは怒鳴った。

「指揮者が指揮台に立ったら口を閉じる！　これできなかったら即座に退場してもらいます。もう二度といわないからね！」

たちまち死体置き場のように静かになった高校生を前にカミナリは、指揮棒を上げた。その瞬間、本当の緊張と統一感が、空気の方向をひとつにした。それは二秒か、せいぜい三秒くらいの沈黙だったけれど、僕は第三弦をおさえる左腕に鳥肌が立つのを感じた。これまで何年もチェロを弾き、さらにピアノを弾いてきたけれど、こんなことは初めてだった。これが「合奏」というものか、と思った。

しかし感動に浸ってはいられなかった。指揮棒が振り下ろされ、ヴァイオリンのトレモロに乗せて、ハープのセンチメンタルなアルペジオが鳴り、一小節後にチェロはピチカートでシの音を鳴らさなければならない。僕は完全に出遅れた。四拍子もカウントしていなかったし、カミナリの指揮も見ていなかったし、ピアノと譜面に書いてあるのに、慌てていたのでボン！　と思い切り弦をはじいてしまった。始まって二小節で指揮者は棒を止めた。

「オーケストラの規則、第二」カミナリの声は落ち着いていた。「指揮を見る。――最初から」

二小節でピチカートひとつ鳴らしただけで僕は汗を流した。心の中は焦りで一杯だった。これはやばい。僕は弓を構えなおしながら一瞬で思った。これは、弾けりゃあいいってもんじゃないぞ！

『船に乗れ！　Ⅰ　合奏と協奏』（小学館文庫）より部分掲載

船に乗れ！

もっと読みたい

津島サトルの祖父は、新生学園大学音楽科の創設者である。親戚には一流の音楽家が多く、サトルも周囲からチェロ奏者になることを期待されていた。だが、第一志望の東京芸大附属高校に落ち、仕方なく、祖父のゆかりのある新生学園大学附属高校へ入ることになった。

その高校は、圧倒的に女子が多く、先生たちは音楽に関して妥協を許さず、同級生はみな個性が強い。フルート専攻の美少年・伊藤慧（けい）。活発な鮎川千佳（ちか）。そしてサトルが心ひかれているヴァイオリン専攻の南枝里子。自分にしか表現できない音楽を求めて、ひたすらチェロを練習する日々の中で、サトルは友情と、本当の恋を知っていく。

爽やかなだけの小説ではない。理想に近づけない焦りや、大切な人を失う痛みがありありと描かれており、読者はサトルの身になって、かけがえのない高校三年間をリアルに味わうことになるだろう。本屋大賞候補として話題となった音楽小説三部作の第一作目である。（千葉）

もっともっと読みたい

藤谷治
『下北沢　さまよう僕たちの街』（ポプラ文庫ピュアフル）

レンタルボックス店を営む勇は、翻訳家の桃子さんに恋をし、変わった詩人と知り合い……。下北沢に集（つど）う若者たちの切実な想いを描く。

高田郁（かおる）『八朔（はっさく）の雪　みをつくし料理帖』（ハルキ文庫）

天涯孤独の澪（みを）は十八歳。江戸の「つる屋」で料理人として働き始める。だが、彼女の腕前を妬んだ料理屋「登龍楼」が妨害を仕掛けてくる。

ベッキー・アルバータリ／三辺律子（さんべりつこ）訳
『サイモンvs人類平等化計画』（岩波書店）

サイモンは演劇部に所属する高校生。ネットで知り合った「ブルー」に夢中だ。だが、ゲイであることが、やっかいな同級生にバレて……。

さよならを待つふたりのために

ジョン・グリーン 作
金原瑞人（かねはらみずひと）・竹内茜（たけうちあかね） 訳

ママは教会の裏口の前にある、ロータリーに車をとめた。午後四時五十六分。私は酸素ボンベをいじるふりをして時間をかせいだ。

「中まで運んであげようか？」

「だいじょうぶ」と私は答えた。緑色の筒形のボンベは一キロぐらいしかない。これをスチール製のミニカートにのせて、ころころ引っぱりまわす。タンクは一分間に二リットルの酸素を供給する。カニューレという透明な管が私の首の下で二手に分かれて、耳の後ろを通って、鼻の穴で合流する。この仕掛けが必要なのは、私の肺が肺をやるのがヘタだから。

「愛してるわ」ママが車を降りる私にいった。

「私も、ママ。また六時に」

「友だち作るのよ！」下ろした窓から、歩き去る私に向かってママがいった。

エレベータは使いたくなかった。エレベータは、死期が迫った人間が使うものだ。だから階段を使った。クッキーを一枚取って、レモネードを紙コップにそそぐ。そして後ろをふり返った。

男の子がこっちを見ていた。

間違いなく初めて見る顔だった。引き締まった筋肉質の長い腕と脚のせいで、男の子が座っている小学校用のプラスチックの椅子がやけに小さく見えた。赤褐色(せきかっしょく)の髪はストレートで短め。私と同い年か、一コ上くらい。だらしない姿勢で、暗い色のデニムパンツのポケットに片手をつっこんでいる。

私は目をそらした。急に自分の数えきれないほどの欠点が気になりだした。古いデニムパンツは、以前はピタッと締まっていたけど、ところどころおかしな場所がたるんでいる。黄色いTシャツは、もう好きでもなんでもないバンドの名前入り。それに髪。内巻きの肩までの長さのページボーイカットは、櫛(くし)も通していない。そのうえ頬(ほお)はバカみたいに丸っとしてシマリスみたいだ。治療の副作用。普通の体型の人の頭を風船にしたみたい。足首が太いほうがまだマシ。でもそんな私を——チラッと目を向けると、男の子はまだ見ていた。

視線を感じる、だからアイコンタクトっていうんだなって思った。

私はサポートグループの輪に加わって、アイザックのとなりの椅子に座った。あの男の子のふたつとなり。もう一度目をやると、男の子はまだこっちを見ていた。

あ、ひとついっておくと、男の子はかっこよかった。かっこよくない男の子に穴が開くほど見つめられたって、良くて落ち着かないか、最悪痴漢されてるようなもの。でもかっこいいなら……まあよし。

携帯を取りだしてボタンを押すと、画面に時刻が出た。午後四時五十九分。丸く並んだ席が十二歳から十八歳までの不運な人たちで埋まると、パトリックはまず私たちに〈平静の祈り〉を唱えさせる。神よ、変えられないことを受け入れる平静な心と、変えられることを変える勇気をお与えください。そしてそれらを区別する知恵をお与えください。男の子はまだこっちを見ていた。自分の頬がちょっと赤くなった気がした。

あれこれ考えた末に、一番いい対抗策として見つめ返すことにした。ジロジロ見るのは男の専売特許じゃない。私はそっちに顔を向けた。パトリックは千回めの睾丸喪失話(こうがんそうしつばなし)をしていた。あっという間に見つめあい勝負に発展した。しばらくすると男の子はニコッと笑って、ついに青い目をそらした。男の子がもう一度見つめ返してきたとき、私は両方の眉を上げて心の中で宣言した。私の勝ち。

男の子が肩をすくめた。パトリックが話を終えて、自己紹介の時間がやってきた。「アイザック、今日は君が一番に話をしたいんじゃないかな。君は今、大変な時期に直面しているからね」

「そうですね」アイザックが答えた。「アイザックです。歳は十七。二週間後に手術を受けなきゃいけないらしくて、その手術を受けたら目が見えなくなる。不満とかいうわけじゃない。症状が悪くなるやつは大勢いる。けどやっぱ、なんていうか、目が見えなくなるのはちょっときつい。彼女が励ましてくれるけど。それに友だちも。オーガスタスとか」

アイザックは例の男の子に向かってうなずいた。オーガスタスっていうのか。「だから」アイザックがいった。うつむいて、ネイティブ・アメリカンのテントのてっぺんみたいに組んだ両手を見下ろす。「みんなにできることはなにもない」

「僕らは君のためにいるんだ、アイザック」パトリックがいった。「みんな、アイザックに聞かせてあげよう」私たちは口をそろえて、棒読みでいった。「私たちはあなたのためにいます、アイザック」

次はマイケル。十二歳の男の子で、白血病。ずっと前から白血病。気分は悪くない。(もしくは、マイケルがそういっているだけ。マイケルはエレベータを使っていた。)

リダは十六歳の女の子。かっこいい男の子が、思わず見とれるくらいかわいい。サポートグループの常連で――虫垂(ちゅうすい)がんが寛解(かんかい)[病気の症状が一時的または継続的に回復した状態]してずいぶんたつ。虫垂のがんがあるなんて知らなかった。リダの今日の気分は――私は一回おきにサポートグループに参加しているけどいつも同じ――元気いっぱいらしい。自慢されているような気がして、酸素の細かな霧の粒で小鼻がむずむずした。

それから五人の自己紹介があって、オーガスタスの番になった。オーガスタスは自分の順番が来るとわずかにほほ笑んだ。声は低めで、少しかすれて、死ぬほどセクシーだった。

「オーガスタス・ウォーターズ。十七歳。一年半前に骨肉腫（こつにくしゅ）［骨にできた悪性腫瘍］になったばかりで、今日はアイザックに誘われて来ました」

「それでどんな気分だい？」パトリックがたずねた。

「絶好調ですよ」オーガスタスは口の端（はし）を片側だけ上げて笑った。「上がりっぱなしのジェットコースターに乗った感じかな」

私の番になった。「名前はヘイゼル。十六歳。甲状腺（こうじょうせん）がんが転移して、肺に腫瘍（しゅよう）があります。気分は悪くないです」

あっという間に一時間が過ぎた。数々の奮闘が語られた。その場は勝ててもいつかは確実に負ける闘い。希望にしがみついたり、家族に感謝したり、家族を責めたり。友だちはわかってくれないという点では意見が一致した。涙が流れた。慰（なぐ）めの応酬（おうしゅう）があった。オーガスタスも私もずっとしゃべらなかった。パトリックが話をふるまでは。「オーガスタス、君も怖がっていることをみんなに話したいんじゃないか？」

「おれが怖がってること？」

「そうだ」

「忘れられることかな」オーガスタスは即答した。「みんながよく知ってる言い方でいえば、盲目男（ブラインド）が暗闇を怖がるくらいに怖い」

「まだ先の話だろ」アイザックがニヤッとしていった。

「無神経だったか？」オーガスタスがいった。「人の気持ちにかなり鈍感（ブラインド）なときがあるんだ」

アイザックは声をあげて笑っていたけど、パトリックはとがめるように指を立てていった。「オーガスタス、頼む。君の話にもどろう。君が苦しんでいることについて話そう。忘れられるのが怖いっていったね？」

「はい」オーガスタスがいった。

パトリックは途方に暮れているみたいだった。「このことで、その、だれか話したい人はいるかい？」

私は三年前からちゃんとした学校に通っていなかった。両親が一番の親友。三番めの親友は、私のことを知りもしない作家。私はかなり内気な性格で――間違ってもみんなの前で手を上げるようなタイプじゃない。

それなのに、私はこのときだけ、しゃべることにした。中途半端な高さに手を上げた。するとパトリックは、端から見てもわかるくらい喜んですぐに声をかけた。「ヘイゼル！」私が期待どおり心を開いて、サポートグループの一員になろうとしていると思ったにちがいない。

私はオーガスタス・ウォーターズのほうを向いた。オーガスタスも私を見返した。瞳がすごく青くて、向こう側まで透けて見えそうだ。私はいった。「いつか私たちが全員死ぬときが来る。全員ね。人間はひとりもいなくなって、だれが生きていたとか人類がなにをしたとかを覚えている人もいなくなる。あなたのことはもちろん、アリストテレスやクレオパトラを覚えている人もいない。私たちがしたこと、築いたもの、書いたもの、考えたこと、見つけたことも全部忘れられて、すべてが」——私は両腕を大きく広げた——「無意味になる。そう遠くないうちにそのときが来るかもしれないし、数百万年先かもしれない。でもたとえ私たちが太陽が燃えつきた世界で生き残れたとしても、永久に生き残れるわけじゃない。生命が意識を持つ前にも時間は存在したんだから、いなくなった後だって時間は続いていく。人という存在の忘却が必然で、あなたがそれを不安に思うとしても、そんなこと無視すればいいと私は思う。ほかの人だってそうしてるんだし」

元ネタはさっきもいった三番めの親友、ピーター・ヴァン・ホーテンだ。公の場に出ることのない作家で、『至高(しこう)の痛み』という本を書いた。私のバイブルともいえる本。ピーター・ヴァン・ホーテンは、私が知る限りただひとり①死が迫っているということがどういうことかわかっていそうな、②まだ死んでいない人物だ。

　私が話し終えると、長い沈黙があった。すると、オーガスタスの顔に、満面の笑みが広がった――私を見つめているときに見せた、大人ぶった、ややひねくれた笑みじゃない。素(す)の笑顔だ。笑いすぎて、オーガスタスの顔がくずれた。「君って」オーガスタスが小声でいった。「すごいな」

　その後はオーガスタスも私もなにもしゃべらず、サポートグループは終わった。最後に参加者は手をつないで、パトリックの後について祈りを捧げる。「主イエス・キリスト、私たちはあなたの御心(みこころ)、文字通りあなたの心臓につどった、生き延びているがん患者です。私たちが私たち自身を知るように、あなただけが私たちをご存知です。私たちを生へ導き、あなたの光を照らし、私たちが試練を乗り越えられるようお導きください。アイザックの目と、マイケルとジェイミーの血と、オーガスタスの骨と、ヘイゼルの肺と、ジェイムズの喉(のど)のために祈ります。あなたが私たちを癒(いや)してくださるよう、私たちがあなたの愛を感じられますよう。あなたがもたらす人知を超えた安らぎを感じられるよう。そして私たちは心に刻みます。私たちが出会い、私たちが愛した者たちを。あなたの御元(みもと)へ帰った者たちを。マリア、ケイド、ジョセフ、ヘイリー、アビゲイル、アンジェリーナ、テイラー、ゲイブリエル、それから……」

長い。世界には大勢の死者たちがいる。パトリックは一枚の紙に書かれた名前をえんえんと読みあげる。人数が多すぎて覚えきれないんだ。そのあいだ、私は両目をつむって頭をお祈りにふさわしく切りかえようとした。だけど頭のほとんどは、私の名前があのリストに載る日のことを考えていた。連なる名前の一番最後、みんなが聞くのをやめるころに私の名前があがる。

パトリックがリストを読み終えると、私たちはバカみたいな祈りの文句をいっしょになって唱える――今日もすばらしい人生を生きられますように――それでサポートグループは解散。オーガスタス・ウォーターズが勢いよく椅子から立って近づいてきた。笑い方そっくりのゆがんだ歩き方。背の高いオーガスタスが私の前に立った。でもちょっと離れていたから、首を上げなくてもオーガスタスと目を合わせられた。「名前は？」

「ヘイゼル」

「じゃなくて、フルネーム」

「あ、ヘイゼル・グレイス・ランカスター」オーガスタスがなにかいおうとしたとき、アイザックが近くに来た。「待ってて」オーガスタスはそういって指を立てると、アイザックのほうを向いた。「聞いてたよりひどかった」

「暗いっていったろ」

「どうしてこんなのに来てるんだ?」

「さあな。来ないよりはマシ?」

オーガスタスはアイザックに顔を寄せた。私に聞かれないようにと思ったんだろう。

「あの子はいつもいるのか?」アイザックの返事は聞こえなかったけど、オーガスタスはいった。「そのうち話す」オーガスタスはアイザックの両肩をたたくと、後ろに半歩さがった。「病院でのこと、ヘイゼルにいえよ」

アイザックはお菓子のテーブルに片手をつくと、大きな目で私を見た。「そうだな。今朝病院に行って、執刀医（しっとうい）の先生にいったんだ、目が見えなくなるより耳が聞こえなくなるほうがいいって。そしたらこういわれた。『そういうわけにはいかないんだ』って。おれはいった。『ええ、それはわかってます。おれはただ、選べるなら見えないより聞こえないほうがいいっていってるだけです。選べるわけないけど』。先生は『なら、いいニュースがある。君の耳は聞こえなくなりはしない』っていった。おれはこう答えた。『ありがとうございます、目のがんだと耳は聞こえなくならないんですね。先生みたいな頭のいい名医に手術してもらえるなんて、おれはついてます』」

「うまいことという先生ね」私はいった。「私も目のがんになれるようにがんばる。そしたらその先生と知り合いになれる」

「せいぜいがんばれ。じゃあ、おれ行くな。モニカを待たしてるんだ。この目が見えてるうちに、できるだけあいつを見ておかないと」

「明日は反乱鎮圧だよな?」オーガスタスがいった。

「決まってんだろ」アイザックは背中を向けると階段を一段飛ばしで駆けあがっていった。

オーガスタス・ウォーターズが私をふり返っていった。「〝文字どおり〟だな」

「文字どおりって?」私はいった。

「おれたちがいる場所は〝文字どおり〟キリストの心臓だ。教会の地下室にいるんだと思ってたけど、ここは〝文字どおり〟キリストの心臓だ」

「だれかキリストに教えてあげないと。ここが〝文字どおり〟キリストの心臓なら、悪性腫瘍持ちの子どもが何人もいたら危ないじゃない」

「おれがいってやりたいところだけど、残念、おれもキリストの心臓の〝文字どおり〟中にいるから、おれの声は聞こえないだろうな」私は声をあげて笑った。オーガスタスは首をふると、なにもいわずに私を見つめた。

「なによ?」

「べつに」

「なんでそんなふうに私を見るの？」

オーガスタスは曖昧（あいまい）に笑った。「きれいだから。きれいな人を見るのは楽しい。前に決めたんだ、人生のささやかな楽しみは我慢しないって」若干気まずい沈黙が落ちた。オーガスタスは苦しまぎれにいった。「だって、いくら楽しいことがあったって、君が気持ちよく指摘してくれたように、全部きれいさっぱり忘れるんだろ」

私の口から、バカにした笑いのような、ため息のような、息をもらしたような、せきっぽいものが出た。「私はきれいなんかじゃ――」

「まるで新世紀のナタリー・ポートマンだ。『V・フォー・ヴェンデッタ』〔二〇〇五年米英独合作映画。同名のアメリカン・コミックスが原作〕のナタリーみたいだ」

「見たことない」

「ない？　反政府的な思想を持ったスキンヘッドの美少女が、危険だとわかっている男に恋をしてしまうんだ。おれにいわせれば、君の伝記だよ」

オーガスタスのひとことひとことに胸がどきっとした。正直、気分がいい。男の子にこんな気持ちにさせられるなんて思ってもみなかった――まさか、こんなことが現実に起こるなんて。

年下の女の子が私たちのそばを通りすぎた。「アリサ、元気?」オーガスタスがいった。女の子はぼそぼそいった。「こんにちは、オーガスタス」「記念病院(メモリアル)の患者仲間なんだ」と、オーガスタスが私にいった。メモリアルは、大きな研究病院だ。「君はどこの病院?」

「小児総合病院」私はいった。思ったより声が小さくなった。オーガスタスはうなずいた。会話は終わったみたいだった。「じゃあ」と私はいって、階段のほうに体を向けた。〝文字どおり〟キリストの心臓からの脱出口。酸素ボンベがのったカートをかたむけて車輪にのせ、歩きだした。オーガスタスが足を引きずってとなりに並んだ。「じゃあ、また会える?」私はいった。

「見たほうがいいよ」オーガスタスがいった。「『V・フォー・ヴェンデッタ』」

「わかった。調べとく」

「そうじゃなくて、いっしょに見よう。おれの家で。これから」

私は立ちどまった。「私、あなたのこと全然知らないの、オーガスタス・ウォーターズ。斧(おの)を隠し持った殺人鬼かもしれない」

オーガスタスはうなずいた。「確かにな、ヘイゼル・グレイス」そういうと私を追いこして歩いていった。緑のニットのポロシャツに包まれた厚みのある肩。まっすぐ伸びた背(せ)筋(すじ)。しっかりした足取りだけど、ほんの少し右にかたむいている。間違いなく、義足だ。

骨肉腫は宿主がどんなやつか知るために手足をひとつ奪うことがある。そして相手を気に入ると、残りも全部奪ってしまう。

私はオーガスタスの後ろについて階段をのぼった。ゆっくりだったけどすぐに息が上がった。階段は私の肺の得意分野じゃない。

キリストの心臓から駐車場にやってきた。外の空気は春本番とはいえない冷たさがあって、夕方間近の午後の明かりは、痛々しくもきれいだった。

ママはまだ来ていなかった。珍しい。ママはほとんど四六時中、私を待っている。あたりを見まわすと、背の高い、ウェーブがかかった黒髪の女の子、モニカがアイザックを教会の石壁に押しつけていた。かなり熱烈なキスをしかけている。そんなに遠くなかったから、唇が合わさるあやしい音が聞こえてきた。アイザックが「ずっと」といい、モニカが「ずっと」と答えるのも聞こえた。

ふいにオーガスタスが私のそばに来て、気持ち声をひそめていった。「ふたりとも公衆の面前でいちゃつく主義らしいな」

「なんで『ずっと』っていってるの?」キスの音が大きくなった。

「よくいってるんだ。これからも『ずっと』好きでいるとか。去年は少なくとも四百万回は『ずっと』をメールしあってた」

車が二台来て、それぞれマイケルとアリサを乗せていった。オーガスタスと私だけになった。アイザックとモニカはあっという間に次の段階に進んだ。神に祈りを捧げる場所を背もたれにしていることなんか頭にないみたいだ。アイザックの手がモニカの胸を、シャツの上からいやらしくさわった。手のひらは動かずに、指の先だけが動いていた。あんなことされて気持ちいいんだろうか。とても気持ちよさそうには見えない。でも私はアイザックを許すことにした。もうすぐ見えなくなるんだから。今のうちに楽しんでおかないと。

「病院までラストドライブするときのこと考えてみて」私はそっといった。「最後に自分で運転するときのこと」

私のほうを見ずにオーガスタスはいった。「今いいとこなんだから邪魔しないでくれ、ヘイゼル・グレイス。おれは今、若さの勲章のような不器用さにあふれた、恋の行く末を見守ってるところなんだ」

「あれ、胸が痛いと思う」

「たしかに。アイザックがモニカをエロい気分にさせようとしてるのか、乳房検査してるのか、難しいところだな」そういうと、オーガスタス・ウォーターズはポケットに手をつっこみ、よりによって、タバコの箱を取りだした。ふたをパカッと開けて一本取りだし、口にくわえた。

「バカじゃないの？」私はいった。「かっこいいとでも思ってるわけ？　信じらんない。全部ぶち壊し」

「全部って？」オーガスタスがそういって私のほうを向いた。火のついていないタバコが、笑っていない口の端（はし）で上下にゆれた。

「全部ってのは、魅力的じゃないわけでもない、頭がよくないわけでもない、見た目も全然だめってわけでもない男の子が、私をジロジロ見たり、〝文字どおり〟を変なふうに使ってネタにしたり、私を女優と比べたり、自分の家で映画見ないかって誘ったりしたこと全部よ。でもわかってるわよ、必ずハマティアがあるって。あんたは、ほんっと最悪、自分ががん患者のくせして、お金払って企業からもっとがんをもらうようなまねして。信じらんない。息が吸えなくなるわよ。あーイライラする。がっかり、ほんと。がっかり」

「ハマティア？」オーガスタスが首をひねった。タバコはまだ唇のあいだにはさまっている。口をぎゅっと引き結んで。くやしいけど、あごのラインはすごくいい。

「悲劇的な欠陥」そういってそっぽを向いた。オーガスタス・ウォーターズを置いて、ひとりで歩道の縁石（えんせき）に近づいた。一台の車が道路を走ってくる音が聞こえた。ママだ。待っていたんだろう、私が友だちでもなんでもいいから作って、だれかと仲良くなるのを。

イライラとがっかりが変にぐるぐるしながら体の奥からこみあげてきた。感情がこんなにたくさんあふれるものだなんて知らなかった。オーガスタス・ウォーターズをぶってやりたかったし、私の肺を、肺をやるのが下手じゃない肺に取りかえたかった。コンバースのスニーカーで縁石の端に立った。鉄球つきの足かせのような酸素ボンベを脇に置く。ママの車がとまったそのとき、片方の手をつかまれた。

私はさっと手を引っこめて、オーガスタスをふり返った。

「火をつけなければ、タバコに害はない」オーガスタスがいった。車は縁石のすぐそばだ。「火をつけたことはない。これは象徴なんだ。自分を殺す凶器を歯のあいだにくわえて、だけど殺す力は与えない」

「象徴ね」私は疑わしげにいった。ママの車はエンジンをかけたままとまっていた。

「象徴だ」オーガスタスがいった。

「自分の行動にどんな象徴的な意味があるか、いちいち考えてるんだ……」

「ああ、そうさ」オーガスタスが笑った。顔をくしゃくしゃにして、気取らない、間が抜けた本物の笑顔だった。「おれは象徴を心底信じているんだ、ヘイゼル・グレイス」

ママの車に近づき、窓ガラスをたたいた。窓が下がる。「オーガスタス・ウォーターズと映画見てくる。『ネクスト・トップモデル』、もう何回分か録画しておいて」

『さよならを待つふたりのために』（岩波書店）より部分掲載

さよならを待つふたりのために

もっと読みたい

十六歳のヘイゼルは、甲状腺（こうじょうせん）がんが肺に転移したため、酸素ボンベを手放すことができない。自宅で抗がん剤を投与され、引きこもりがちの日々だ。そんな彼女がサポートグループで出会ったのは、骨肉腫（こつにくしゅ）で片足を失ったオーガスタスだった。

やがて訪れるであろう死を強烈に意識しながら、二人は惹（ひ）かれ合う。病気は決して恋の妨げにはならないのだ。そして二人は、ヘイゼルが心の支えにしている作家、ヴァン・ホーテンに会うために、力を合わせてオランダへと旅立つのだった。

二〇一二年にアメリカで大ベストセラーとなったこの小説には、病気と闘いながらも自らの夢をかなえようとする若者たちの姿がいきいきと描かれている。作中の会話は小気味よく、登場人物の誰もが親しい友人のように思えてくるだろう。闘病生活の切実さもリアルに表現されており、主人公の苦悩がひりひりと伝わってくる。（千葉）

もっともっと読みたい

ジョン・グリーン／金原瑞人 訳
『ペーパータウン』（岩波書店）

クエンティンは、幼なじみのマーゴに恋していた。失踪（しっそう）してしまったマーゴの行方を追ううちに、クエンティンは彼女の真実に気づく。

西加奈子『きいろいゾウ』（小学館文庫）

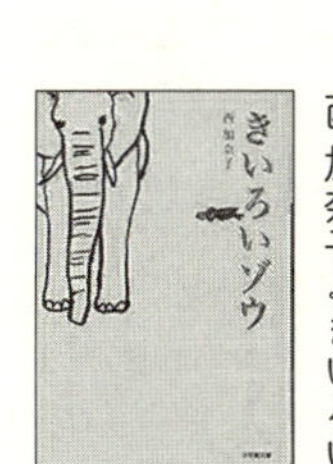

ムコさんとツマ。若い夫婦が田舎で暮らし始める。不思議な力を持つツマを、ムコさんは見守っていたが、ある出来事を機に二人は……。

ベルンハルト・シュリンク／松永美穂（まつながみほ） 訳
『朗読者』（新潮文庫）

十五歳のぼくは、母親ほども年上のハンナに恋した。彼女は、なぜかいつもぼくに、本を朗読してほしいと求めるのだった。

青春文学エッセイ❸

嘘(うそ)と本当の愉(たの)しみ

東 直子

私は三人姉妹の真ん中、中間子と呼ばれるポジションで育った。中間子、って物理用語でもあるので、おもしろいな、と思う。とある本に、きょうだいのポジション別キャッチフレーズのようなものが書いてあり、中間子には「永遠の思春期」とつけられていた。余計なお世話だ！　と一瞬憤慨し、しかしまあ、そうかもしれないな、と妙に納得もしたのだった。

最初の子どもとして注目を一身に集めることもなく、一番年下の子どもとしてかわいがられることもなく、なんとなくぞんざいに扱われがちな中間子は、なんだかいろいろと勝手にあれやこれや思ってしまうところは、確かにあるような気がする。

私が育った昭和中期に流通していた子どものために書かれた読み物や漫画やアニメーションは、どこか暗い生い立ちを背負った主人公が多かった。戦争体験のある大人たちが表現していたからもしれないのだが、そういう暗さのある物語に、とても惹かれた。悲惨な状況の中で孤独を極めつつも、遠くにいるはずの理想の母を胸に抱いて逞(たくま)しく生きていく彼ら、彼女らに思いを寄せ、もしかすると自分も本当はこの家の子どもではないのかもしれない、本当の家族を見つける旅に出るべきかもしれない、なんてことを真剣に考えたりもしていた。今から考えるとバカバカしいのだが、「ここではないどこか」を考えながら生きていたほうが、現実の辛(つら)さが薄まるし、自分も含めて客観的になれて、いろいろなことを許しながら生きていけるような気がする。

そんな空想癖を姉妹で分かち合ったことがある。あるとき姉と「ピキピキうさぎ」というキャラクターを考案し、四コマ漫画を一緒に描いた。あることのお詫(わ)びとして宇宙から遣わされた、赤いチョッキと黒いリボン、緑のゆったりズボンの、二足歩行をする愉快な宇宙うさぎ、ピキピキうさぎ。それはそれは、面白い時間だった。

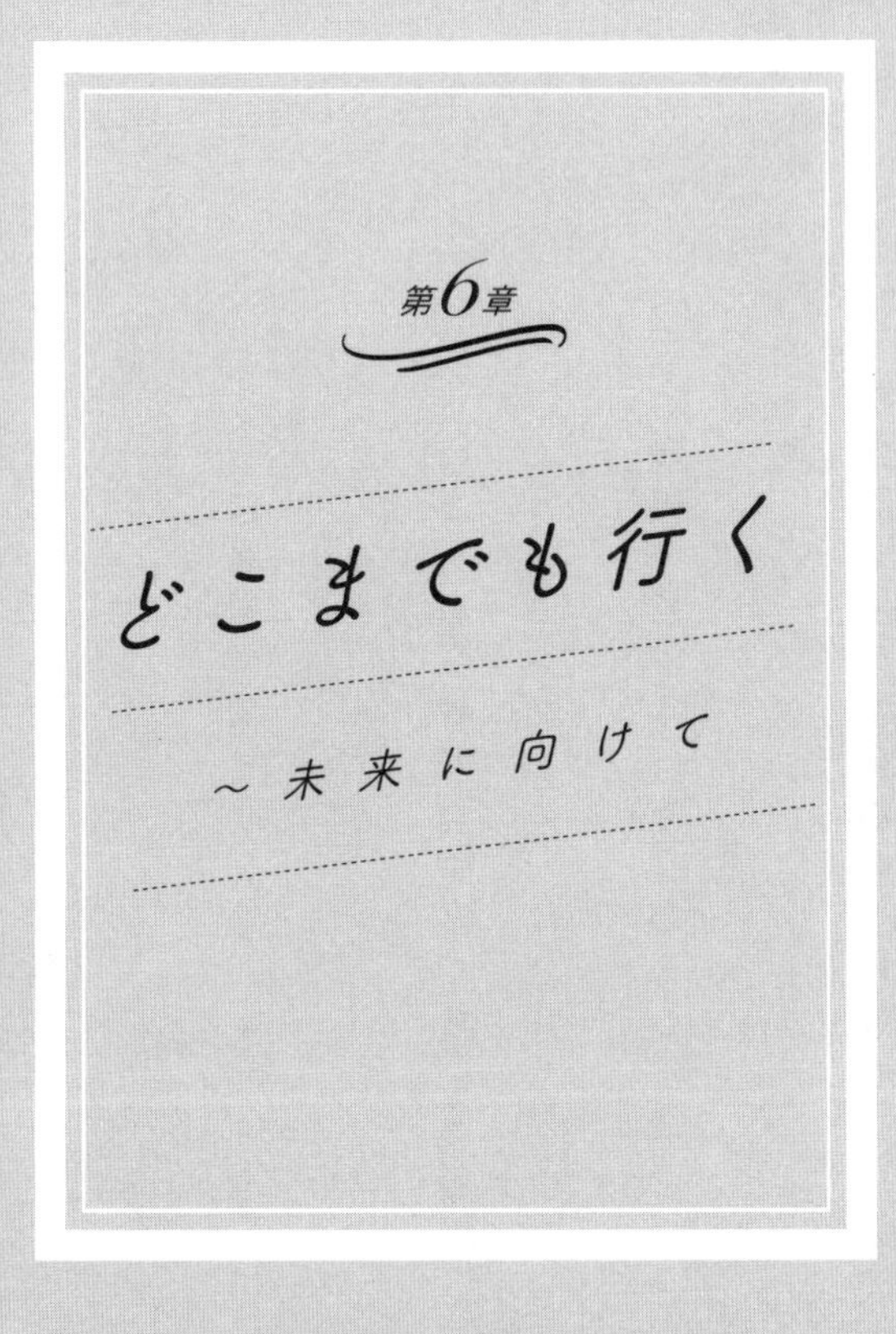
第6章
どこまでも行く
～未来に向けて

どこまでも行く一輪車秋の風

津久井健之

空に風海に潮や渡り鳥

髙柳克弘『寒林』

柊をかをらせていつまでもいま

野口る理

蟬鳴いて少年にありあまる午後

村上鞆彦『遅日の岸』

風船を手放す自由ありにけり

櫂未知子『カムイ』

戸村飯店　青春100連発

瀬尾まいこ

　文化祭、体育祭がつつがなく終わり、二学期も終盤。最後の三者面談が行われた。もう推薦入試を終えたやつらもいるし、進路はほぼ全員決定しているから、今回呼び出されたのは、俺も含め就職希望者のうちの何人かだけだ。

　俺もついに進路を確定させなければならない。昔から戸村飯店を継ぐのだろうと考えていたし、兄貴が家を出てからは店を継ぐのは決まったようなものだった。覚悟はできている。実際に店の手伝いをするようになって、良い仕事だと思い始めてもいる。それなのに、今まで完全には答えを出せないでいた。進路希望調査でも、就職希望であることしか書かずに、希望職種はまだ決められていないと答えていた。俺の中のほんの少しの残された部分が、「待ってくれ」と言っていたのだ。でも、いよいよ結論を出すときがきた。最後の最後まで粘ってみたけど、結局俺の中の選択肢は店を継ぐ以外に出てこなかった。

　小学生のときから学校の行事はいつもお袋が来ていたのに、今日は親父がすごすごとやってきた。親父が店を空けるなんて考えられないことだ。いつもより少し正装した親父と並んで座らされ、俺は居心地の悪さを感じた。

「戸村もそろそろ本格的に進路決めていこうか」

岩倉先生は俺のほうを向いて言った。

「はい」

「具体的に就職先の候補も挙げてかなあかんな」

「はい。えっと俺は……」

俺はごくんとつばを飲んだ。たいして重大なことを発表するわけでもないし、先生も親父も予想している言葉だろうけど、改めて口にするとなるとどきどきした。口にしたら、もう引き返せない。俺の一生を決めてしまう。そんな気がした。でも、決めるべきときなのだ。つばを飲み込んだのに渇いたままの口で俺は、

「店継ぎます」

そうきっぱり言い切った。そのとたんだった。親父がキレた。

「あほたれ！　何ぬかしとる」

「へ？」

親父はでかい声で怒鳴ったけど、俺は親父が何に腹を立てているのかさっぱりわからず、

きょとんとした。

「ふざけたこと言うのもたいがいにせえ」

「ふざけたこと？」

「お前はたわけか」

「なんもたわけてへんわ。俺、店継ぐって言ってるんやで？　親父と一緒に戸村飯店で働くって言ってるんやで？」

俺は親父が勘違いしているのかと、もう一度丁寧に言い直してみた。それでも親父の鬼のような顔は変わらなかった。

「ほんまにお前はあほや！」

「ちょう待ってくれや。親父の言うこと意味不明や。俺の何があほやねん」

「お前のその考え方や」

親父は先生が前にいるのにもかまわず、机をバシッと叩いて、またもやでかい声を出した。完全に頭に血が上っている。岩倉先生は目の前で親子喧嘩を見せられているのに、止めようともせず面白そうに眺めていた。

「俺の考え方の何があかんねん。店継ぐって言うとるやろ」

「誰が店継いでええって言うた？　勝手に甘えんな。他の家の飯食わな、人間は大きくならへんわ」

「他の家の飯?」

俺は本気で頭がこんがらがった。親父が怒っている意味が理解できない。俺は親父が喜んでくれると思っていた。感謝されることはあっても、怒鳴られるだなんてまったくもって予測していなかった。

「お前かて、もう十八やろが。出て行け」

「出て行けって、俺出て行ったら店どないすんねん」

「そういうところが、お前はあほなんや。うぬぼれんな。親のためとか、店のためとか、偉そうにぬかすな」

「そやけど、俺が店継いだらみんなうまくいくんちゃうん」

「高校出てそのまま自分の家で働くって、どんだけお前は根性ないねん。情けないやつやな」

「根性ないやと?」

さすがの俺も頭に来た。バカ兄貴なき後、親父は俺に期待をしていると思っていた。戸村飯店を守っていくのは、俺しかいないぐらいのこと思っていた。だから、覚悟を決めて店継ぐって言ってるのだ。それが、どうして根性なしなどと言われないといけないのだ。

「そうや、ええ年した男が家から出られへんって、根性なしもええとこやろ」

「出られへんのちゃうわ。店で働く言うとるだけや」

「都合のええようにうちの店を使うな。お前も、ヘイスケみたいに自分でどっか行ってみろや」

親父は吐き捨てるように言った。ヘイスケみたいに？　あの兄貴みたいにか？　なるつもりもない小説家を目指して家を出て、東京行ってふらふらするのがええことなんか。そやったら、大統領でも目指してアメリカ行ったらええんか。俺は心の中でふてくされた。

「ほんなら、戸村。お前、進学するのもええかもしれんね」

ひとしきり言い争いを見物していた岩倉先生が、ようやく口を開いた。

「は？」

教師生活も長くなって少しのことでは動じなくなったのかもしれないけど、店を継ぐと決めていた俺に、進学を勧めるってどないやねん。と、俺はまともやきょとんとした。

「戸村、店継ぐ気でいたんやろ？」

「まあ、そうですけど」

「ということは、すぐにやりたい仕事見つけられへんやん」

「はあ……」

「そやったら、なんも慌てて働かんでも、大学行ってゆっくり考えたほうがええんちゃうか」

やりたい仕事はないにしても、今まで就職しか考えていなかった俺に、進学勧めるのはちゃうやろ。今はまず親父を説得するのが一番の手立てちゃうの？　俺は怪訝な顔を先生に向けた。

「でも、俺、進学とか全然イメージないし」

「先生は戸村は学校向きやと思う」

「学校向き？」

「そうや。あと四年学生でいられるチャンスがあるんやったら、それをすべきやと思う。戸村は学校で成長するタイプや。大学行って、もう少し勉強してみたらええ」

「先生の言わはるとおりや。お前はもっと勉強せんなん」

教師の言うことは絶対真実だと思い込んでいる古い頭の親父は、大いに頭を振った。

「そやけど、センター入試の申し込みも終わったし、今更どうしようもない」

「なんやねん、そやったら、別にセンターで受けんでも、ちゃうとこで試験受けたらええやろ」

センター入試のシステムを知らない親父が言った。

「なんもわかってへんな。そやから、大学行くとしても、公立やろ？」

「そんなもん、私立でもなんでもええんちゃうんか」

「私立は金がかかるやん」

「なんやかんやと言い訳すんな。どうでもええけど、とにかく、わしはお前を置いておく気はないから、早く行き先を決めろ」

親父はまた怒鳴った。ほんまわけがわからん。戸村飯店で働くのは半ば俺の運命みたいなもんやったんちゃうんか。それが覚悟を決めたとたん、出て行けと怒られる。あまりに不条理すぎて俺は腹が立つより途方に暮れた。

「突然進路が根本から変わって、戸村もどうしたらいいかわからんやろう。ゆっくり考えろと言える時間はないけど、相談できる人には相談して、落ち着いて考えてみ」

岩倉先生は励ますように俺の肩を叩いた。


『戸村飯店　青春１００連発』（文春文庫）より部分掲載

戸村飯店　青春100連発

もっと読みたい

大阪の下町にある中華料理屋「戸村飯店」には、性格も見た目も正反対の二人の息子がいる。頭が良くてイケメンの兄・ヘイスケは、関西のノリを嫌がって東京の専門学校へ。一方、弟のコウスケは勉強はできないが、阪神タイガースを愛し、気性がまっすぐで、誰からも愛される野球少年だ。近所に住む岡野をひそかに思いながら、コウスケは高校生活の最後の一年間を楽しもうと張り切っている。ところが冬になると、コウスケの人生を揺るがすような悩みが持ち上がり……。

大阪と東京。離れて暮らすようになった兄弟は、それぞれ自分の生き方を見つめ直す。関西弁のやりとりも面白く、兄弟を取り囲む人たちの人情も胸にしみる。兄弟っていいなぁ、と素直に思わせてくれる一冊だ。

瀬尾まいこは青春小説の名手。『図書館の神様』では、国語教師の清(きよ)が文芸部の顧問となり、たった一人の部員・垣内君との交流を通して成長する姿を描いている。（千葉）

もっともっと読みたい

瀬尾まいこ『あと少し、もう少し』（新潮文庫）

陸上部の名監督が学校を去り、代わりに顧問になったのは頼りない美術教師。中学最後の駅伝に賭ける部長の桝井(ますい)は、メンバーを募るが……。

風野潮(うしお)『ビート・キッズ　Beat Kids』（講談社）

同級生の七生(なお)に誘われてブラスバンド部に入った英二は、ドラムを始めることになった。素直な英二は、音楽の喜びと友情の重みを知っていく。

乾(いぬい)ルカ『向かい風で飛べ！』（中公文庫）

転校生のさつきは、天才スキージャンパーの理子に出会う。空を目がけて飛ぶ理子の姿に目を奪われたさつきは、ジャンプを始める。

つるかめ助産院

小川（おがわ） 糸（いと）

突然、姿を消した小野寺（おのでら）君を探し、二人で来た南の島を訪れた「私」（まりあ）は、助産院の院長つるかめ先生に声を掛けられ、妊娠を告げられる。船が欠航し、泊めてもらっている間、出産に立ち会ったり、空を飛ぶつもりだったという先生の話を聞いたりするうちに、少しずつ先生に魅かれていく。


「どうもありがとうございました」

邪魔をしないよう小声で囁（ささや）くと、先生は針仕事の手を休め、私を見た。

「まりあちゃん、すっかりこの島に閉じ込められちゃったね。こういうの、島ちゃびって言うんだよ」

「島ちゃび、ですか？」

「そう、離島ならではの不便なこととかを言うの。今回のまりあちゃんみたいに、時々、島に呼ばれる人がいるのよ。ショッピングセンターもない、大学病院もない、いるのは動物と人だけっていうちっぽけな島だけど、たまにはこういう時間の過ごし方も、いいものでしょう？　それで、今日はウンチ、しっかり出たの？」

　あまりに唐突な話題の変え方と、単刀直入な聞き方には面食らったけれど、私は、おかげさまで、と神妙に答えた。今思い出しても顔がにやけそうになるほど、パパイヤの効果は絶大だったのだ。いつになく朝からすっきりとすがすがしいのは、そのせいかもしれない。

「どうするかは？」

　今度はおなかの子供についてたずねてくる。先生の目は、真っ黒でトカゲのようだ。その目に見つめられると、簡単に嘘（うそ）をつく気にはなれない。

「もう少し、考えようかと思ってます」

　正直に伝えると、先生は納得したように大きくうなずく。

「本当は港まで車で送ってあげたいんだけど」

「大丈夫です。乗り合いバスで戻れますから」

「じゃあ、これ、私の酔い止めのお守りをあげる」

先生が、小さい袋のようなものを私の手にのせてくれた。触ると、中に硬いものが入っている。

「なんですか？」

「月桃の実なの。すごくいい香りがするのよ。私も船に乗るのは苦手なんだけど、この香りを嗅ぐと、気のせいかもしれないけど、あんまり酔わないのよね。多分今日はまだ台風の名残で船が揺れるし、でもやっぱり育む人は、市販の酔い止めを飲むのはお勧めしないから」

「育む人？」

「そう、おなかに命を育む人、妊婦さんのことよ。だから、お守りだと思って持ってって」

「いただいちゃって、いいんですか？」

実を包む袋は、かなり年季が入っている。もしかしたらこれは、先生がずっと大切にしてきたものかもしれない。手元からは、すでにぽわんとした甘い香りが漂っている。一気に吸い込んでしまうのがもったいなくなるほどの、先生みたいに素敵な香りだ。

「だって、また地球がプレゼントしてくれるから、大丈夫よ！」

先生はまた、あのピカーッという太陽みたいな笑みを浮かべた。もう何十年も開けたことのないお蔵の戸を、無理やりこじ開けた瞬間みたいに、私という暗闇へ強引に光が差し込んでくる。

「ありがとうございます」

きっと、この香りを嗅ぐたびに、先生のことを思い出すだろう。何年も一緒にいるのに少しも影響をしあわない人もいれば、たった数日一緒にいただけなのに、一生忘れない人もいる。私にとって先生は、きっと後者のような存在になるという予感があった。先生にとっての私は、寝る場所を提供した若者のうちの一人にすぎないかもしれないけれど。

「あとこれ、さっき作ったのよ。おなかが空いたら食べて。今日はお昼、一緒に食べられないから」

先生が、茶色い紙の袋を渡してくれた。持つと、見た目よりぐんと重たい。そうしているうちに、パクチー嬢が慌ただしく診察室にやってきて、一人、妊婦さんが来ていると告げた。パクチー嬢は、今日は雨上がりの青空と同じ、目が覚めるようなブルーのアオザイを身につけている。そのシルエットが視界に入るだけで、空気が華やかになった。

もしかしたらパクチー嬢と会うのも最後かもしれないと思い、目と目が合った瞬間、私は慌てて、「カームオン」と伝えた。本当は、ベトナム語でさようならと言いたかった。でも、言葉がわからなかったのだ。カームオンという単語は、まだ上手に発音できなかった。せっかく友達になれそうだったのに。

　最後に、庭先でまどろんでいたチュプを探し、お別れのあいさつをした。私が近づくと、チュプは気を許したようにごろんと仰向(あおむ)けになる。うっすらと黒い毛で覆(おお)われた柔らかいおなかに、手のひらを這(は)わせた。撫(な)でながら、もうさよならなんだということを、じっと目を見て伝達する。チュプはわかっているのかいないのか、長い舌をべろんと出してうれしそうな表情をする。このままこうしていたらずっと留まってしまいそうだったので、気持ちに踏ん切りをつけて立ち上がった。

「じゃあね」

　わざと軽く声をかけて、チュプの元を離れる。

　私はそっと、つるかめ助産院を立ち去った。帰りたくないという気持ちが急に込み上げてくるのを、ぐっと堪(こら)えて大股(おおまた)で歩く。振り返ると、つるかめ助産院から点々と、私の足跡が連なっている。

　集落の中心部にあるバス停から、また乗り合いバスに乗った。途中、ほんのかすかな望みをかけ、ガラスの美術館や島の民俗博物館、海浜公園を確かめた。けれど案の定というか、結果は期待外れだった。小野寺君を探すどころか、来場者はどこも私一人だけで、あまりに閑散としていて余計にしんみりとしてしまう。

そして午後、数日ぶりに運航が再開された本州に向かう船に乗った。

少しずつ名残を惜しむようにゆっくりと港を離れた船は、沖合で方向転換すると、急にスピードを上げて島を離れる。

さよなら、南の島。ありがとう、つるかめ助産院。

私は何度もその言葉を繰り返した。たった三日間留まっただけなのに、泣きたい気持ちが、ストローで吸い上げるようにきゅーっと胸元までせり上がってくる。島は見る見るうちにどんどん離れて、無人島にしか見えなくなった。最後は、両手を振って南の島に別れを告げる。

すっかり島が見えなくなってから、また来た時と同じように二階の客室に行った。座席に腰を落ち着けたとたん、重しのように睡魔がどっと押し寄せる。手にお守りの袋を握ったまま目を閉じた。船は、先生が言っていたように、ガクンガクンと上下左右に激しく揺れる。それでも、睡魔には勝てない。

どれくらい経ったのだろう。辺りが静まり返ったような気がしてふと目を開けてみると、真っ黒いはずの海面が、一面虹色に輝いている。まるで、ステンドグラスの中の世界に紛れ込んでしまったようだった。自分が今、広くて深い海の上にいると思うと、一瞬恐怖が押し寄せてくる。

顔を上げると、ちょうど太陽が沈むところだった。まぶしくて、反射的に目を細める。さっきまで海はあんなに荒れていたのに、すっかり波が落ち着いている。強力な睡眠薬を注射され、昏々(こんこん)と眠らされているみたいに静かだ。

これからどうすればいいのだろう。静まり返った海を見ながら、茫然(ぼうぜん)とした。とりあえずは宿に戻って、でもその前に妊娠検査薬を手に入れなくては。それで、本当の本当に妊娠しているのなら、その先のことを決めなくてはいけない。

小野寺君、私は心の中で呼びかけた。

今、どこにいるの？　私のおなかに、私達の赤ちゃんがいるかもしれないんだよ。

夕焼けが美しかったのは、ほんの一瞬だった。その後は世界中の明かりのブレーカーを落としたように、いきなりすとんと夜になる。船は行きよりも帰りの方がずっと揺れたのに、先生がくれたお守りが幸いしたのか、島に行く時みたいなひどい船酔いにはなっていない。

ふと思い出して渡された紙の袋を開けると、ご飯のにおいがする。一緒に、手紙も入っていた。白い封筒にはきれいな葉っぱや花の押し花がのりづけされ、「まりあちゃんへ」とたくましい字で書いてある。私はきっちりと折りたたまれた便せんを広げ、手紙を読み始めた。

「急いで書くので、乱筆乱文ごめんなさい。

私、まりあちゃんが数日前にうちの前を通った時、どうしても声をかけずにはいられなかったの。だって、おなかに子供がいそうなのに、全然幸せそうじゃないんだもの。ずーっとうつむいて歩いてるし、眉間（みけん）にはしわが寄っちゃって、さえないへのへのもへじみたいだし、具合も悪そうだし。このままではこの子、どうにかなっちゃうんじゃないかって、勝手に心配しちゃった。それで、とっさに話しかけちゃったの。いきなり〈さすらい〉のことを話題にしたから、ドン引きされちゃったけど。

何があったかは知らないけど、精神的に相当ため込んでいるな、って思った。案の定、おなかはウンチだらけ。便秘っていうのは、心に何かがつっかえている時も、よくなるものなのよ。心と体は、表裏一体だから。

時間がないから、単刀直入に本題に入るわね。

私、若い頃に一度、赤ちゃんをおろしているの。流産じゃなくて、自分の意思で。好きな相手だったけど、一緒に暮らして二人で子育てができるような関係じゃなかった。それに、私はその時仕事に夢中でね。当時は病院の産婦人科に勤めて看護師をしてたんだけど、自分自身が子供を身ごもって産んで育てるってことが、少しもイメージできなかった。産婦人科って、みんな赤ちゃんを産むところだと思っているけど、それだけじゃないの。私もそういう現場を、見慣れすぎていたのかもしれない。まだ若かったし、軽い気持ちでおろしちゃったのよね。でも、その命を亡くしてから、すごくすごく後悔した。堕胎っていうのは、ただ子供を殺すだけじゃなくて、心の中に幼い頃から大切に育んできた大事な何かも、乱暴に引っこ抜くようなことなの。そういう、暗くてどんよりした気持ちを、ずーっと引きずりながら生きていかなくちゃいけないの。

もし私がその子を産んでたら、ちょうど今のまりあちゃんと同い年くらいかな。パクチー嬢もサミーもそう。だから、そのくらいの年齢の子を見ると、私、ついほっとけなくなっちゃうの。根が、おせっかいおばさんだから。

まりあちゃん、余計なお世話かもしれないけれど、これから行くところ、あるの？

まりあちゃんの、一番安心できるところに帰りなさい。

でももし行くところがなくて困っているのなら、つるかめ助産院は、いつでもウェルカムよ。

この三日間で、あなたがほんの少しずつでも笑えるようになったのが、うれしかったの。

もちろん、いくら他の子に尽くしたからって、自分の子供を殺した罪が帳消しになるわけじゃないけど。幸せになってほしいのよ。

面と向かうと、つい湿っぽくなっちゃいそうで、手紙にしちゃった。

こんなおせっかいご無用だったら、さっさと捨ててね。

私は、あなたが幸せに暮らせれば、それでいいの。

あと、今はとにかく、足元を冷やさないように温めて。冷え性も、貧血も、深刻だから。

ごはんも、きちんと食べること。

この塩結びは、つるかめ助産院の田んぼで、長老達が一生懸命に育てて、ようやくとれた貴重なお米で作ったものです」


便せんの表面には、赤い糸で色とりどりの細かなビーズが縫いつけられていた。島にはもともときれいなレターセットなんて売っていないのだ。だから、なんでも自分で工夫する。

「先生」

私は小声で呼びかけた。先生がこれほどまでに私のことを気にかけていたなんて、想像もしていなかった。一方的に、自分だけが先生に片想いをしているとばかり思い込んでいた。

今すぐ、この船のデッキから海に飛び込み、泳いであの南の島に帰りたい。もしもイルカみたいに上手に泳げるなら、本当にそうしたかった。けれど私は泳げない。生まれてから、一度も海に入ったことがないのだ。

今頃、みんなで晩ごはんを食べているのだろうか。今夜はパクチー嬢が当番だと言っていたから、また大量のパクチーをこれでもかというくらいにのせた風変わりな料理の数々が、並んでいるのだろう。思い出したら、甘酸っぱい匂いが胸を占めて苦しくなる。

なんとなく誰かにじっと見つめられているような気がして顔を上げると、手垢（てあか）で汚れている船の窓ガラスに、不幸せそうな顔が映っていた。他の誰でもない、私だ。それなのに、そんな私にも、先生のような人との出会いがある。もしかしたら本当に、私のおなかには赤ちゃんがいるのかもしれない。自分が自分ではなくなっていくような、奇妙な違和感が拭（ぬぐ）えない。

丸く柔らかい植物の葉っぱを広げると、玄米のお結びが並んでいた。黄色い粒々は、今朝のご飯にも入っていたモチキビだ。小ぶりなサイズで、一口頬張（ほおば）ると、口の中でふんわり崩れる。全体に塩味がよく馴染（なじ）み、ほのかにご飯の香りが漂ってくる。コンビニのおにぎりは一つ食べれば十分だけど、このお結びだったら、いくらでも食べられそうだった。

玄米は、口の中で噛（か）んでいると、だんだん甘くなってくる。手についたご飯粒まで口に含みながら、窓から空を見上げた。飛行機が、はるか上空を飛んでいる。お結びを全部食べたら、急におなかに力がみなぎってきた。もうすぐ、ターミナルに到着するのだろう。少しずつ、街の明かりが見えてきた。

『つるかめ助産院』（集英社文庫）より部分掲載

つるかめ助産院

もっと読みたい

お産の神様、ウワリカムイに見込まれたというつるかめ先生。全ての料理に山盛りのパクチーを載せる、ベトナムから来ているパクチー嬢。洞窟に住み、ボランティアで産院を手伝うお調子者のサミー。三人とも、それぞれの事情があった。まりあは、生後すぐに教会に置き去りにされ、実の娘を亡くした里親に小学校四年生のときに引き取られた。が、実の娘のコピーのようだと、私は私でいたいと、感じていた。大好きな小野寺君と暮らし始めたが、彼の、何かから逃げてそれでも追いつかれるというおびえやつらさを思いやることはできなかった。

島にある食材を使い、自分たちで作る食事、ビーチで太陽に手をかざし光合成をする朝の会、長老との別れ、山羊(やぎ)や馬、たくさんの動物と人が共に暮らす生活の中で、まりあは自分のもつ手当ての才能に気づく。肩や首、それぞれの痛みやつらさは、皆、違う。たくさんの身体に触るうちに、人の痛みを取り除けるようになっていく。（高山）

もっともっと読みたい

小川糸『食堂かたつむり』（ポプラ文庫）

恋人に裏切られた倫子(りんこ)は、ショックのあまり声も失う。ふるさとに戻った倫子は、一日一組だけをもてなす小さな食堂を始める。

中村航(こう)『100回泣くこと』（小学館文庫）

僕が彼女に「結婚しよう」と告げると、彼女は、一年間、結婚の練習をしよう、と言った。幸せな日々がずっと続くはずだったが……。

吉本ばなな『TUGUMI(つぐみ)』（中公文庫）

美少女だが病弱で生意気なつぐみ。海辺の小さな町へ帰省した夏、まりあはつぐみと一緒に過ごすうちに、大人になるきっかけをつかんでいく。

ジョー、ジュディ、アンの友達

千葉(ちば) 聡(さとし)

「ちばさと先生、悲しいときに『悲しい』って言わないと、心がもっと悲しくなっちゃいますよ」

廊下で俺を呼びとめたのは二年生の女子。さっき俺の現代文の授業を受けていた子だ。

「いきなりどうした？　何のこと？」

「授業のことです。先生は、本当は悲しかったのに、わざと明るくふざけて話していましたよね」

この子、なかなか鋭い。俺はさっきの授業で中島敦(なかじまあつし)の『山月記(さんげつき)』を取り上げ、主人公・李徴(りちょう)の苦悩について大いに語ったのだ。

「この李徴って奴は詩人になりたかったが、才能がなかったんだ。俺も物書きのハシクレだから、この苦しみはよくわかる。俺も有名歌人になりたいよ。本がベストセラーになったら、みんなに焼き肉をおごってやる！　でも、俺って全く才能がなくてさー。ハハハッ」

生徒たちは「また先生の自虐ネタが始まった」と笑っていた。俺は生徒たちが笑ってくれたので満足していた。でも、俺の笑顔の裏に、李徴と自分の二人分の不遇を悲しむ気持ちがなかったと言い切れるだろうか。

少女は真面目な顔になった。

「先生は、やっぱり悲しかったんでしょ？　自分の夢とか、本当の気持ちとかは冗談で汚しちゃいけませんよ」

戸塚(とつか)高校に来るまでは長いこと中学校で教えていたこともあり、当時は高校生を相手にどういう授業をすればいいのか悩んでいた。生徒を笑わせようとして安易な自虐ネタに走ることも多かった。そんな俺の弱さを、この少女は見抜いていたのか。

授業では毎回顔を合わせるが、個人的な話をする機会はない。次に少女が話しかけてきたのは夏休み直前の放課後だった。

「これ、貸してあげます。先生の夏休みの課題図書ですからね」

オルコットの『若草物語』だった。ずいぶん古い文庫本。ページの隅(すみ)が茶色くなっている。奥付(おくづけ)を見てびっくり。

「俺が生まれるより前の本じゃん」

「私、古い本が好きなんです。ページの端っこは日に焼けているけれど、真ん中のほうはほんのりと白いでしょ。そこに光が集まっているような気がして、好きなんです」

ページをめくる俺の指も、その光に包まれてあたたかくなってきた。彼女の家には、両親の蔵書が詰め込まれた小部屋があるらしい。その部屋の隅に座り込んで、埃（ほこり）を払いながら手当たり次第に本を読んでいるという。

「私、分厚い文庫本が好きです。本の世界に長く浸（ひた）っていられるから。いつまでも読み終わらない本があったらいいのになぁ」

ふとエリナー・ファージョンの『ムギと王さま』を思い出した。ファージョンも少女時代に本の小部屋にこもって、いつまでも物語の世界に浸っていたそうだ。

さくら食（は）む鳥のあかるさ終はりなき書物を得たる少女のやうに　水原紫苑（みずはらしおん）

「じゃ、せっかくだから大切に読ませてもらうよ。ありがとう、〇〇さん」

「先生、この本を読み終えたら、私の『本の友達』になってもらいますから、私のことは『ラアゲ』って呼んでくださいね」

「ラアゲ？」

「私、唐揚げが好きなんで。最初の『カ』を抜かして『ラアゲ』でお願いします」

なんじゃ、そりゃ？　真面目なのか面白いのか、よくわからない。

夏休みに入っても俺はバタバタと過ごした。バスケ部の校内合宿があったり、文化祭の準備のために実行委員たちが集まったり。

白い校舎をさらに白く輝かせる陽ざしに目を細めながら、あるときふと思い出して『若草物語』を手にとった。「昔、小学校の図書室で読んだっけ」と軽い気持ちでページをめくったが、二十ページほど読み進めると、もう手放せなくなった。

南北戦争時代のアメリカ。従軍牧師として出征した父が無事に帰ることを祈りながら、マーチ家の四姉妹は明るく生きていく。特に次女のジョー（古い文庫本の表記は「ジョオ」だった）に惹きつけられた。男勝りで行動力があり、小説家になることを夢見ているジョー。唯一、女らしいところは艶やかな長い髪。だが、父が病に倒れ、母が戦場まで看護に出かけなければならなくなったとき、ジョーは母の旅費を捻出するために、その自慢の髪を切って売ってしまうのだ。

俺は子ども心を取り戻し、すっかりマーチ家の一員になった。夢中になって二回読んだ。二回目を読み終えたのは夏休み最終日の午後。部活と委員会活動に追われて、どこへも遊びに行かぬまま、戸塚高校最初の夏休みは終わろうとしていた。でも、この小説に再会できたんだから、そんなに悪くない夏だった。

夕雲は玩具のごとく散らかりぬ君にとびきりやさしい夏を　吉川宏志（よしかわひろし）

「ラアゲ、この本、とても良かったよ」

夏休み明けの最初の授業のあとで呼びとめると、彼女はパッと顔を輝かせた。

「四姉妹の誰に共感しました？」

「ジョーだよ」

「ジョーのどんなところが良かったですか？」

「自慢の髪を売っちゃうところ」

少女の表情は曇った。

「先生、また課題図書を貸してあげます。今度はちゃんと深く読んでくださいね」

数日後、国語科研究室の俺の机の上には、モンゴメリの『赤毛のアン』と、ウェブスターの『あしながおじさん』が置いてあった。やはりどちらもページの端は日に焼けていた。

よし、今度はもっと深く読むぞ。

『赤毛のアン』は高校時代に読んでいた。『あしながおじさん』は、小学生のころに子ども向けの名作全集で読んだっけ？　同じ全集に入っていた『トム・ソーヤーの冒険』や『三銃士』の記憶は鮮明なのに、『あしながおじさん』については、ただ読んだということしか覚えていなかった。

三十九歳になったちばさとは、またもや衝撃を受けることになる。ラアゲが貸してくれた『赤毛のアン』は、昔読んだ本と同じ村岡花子訳だったのに、まるで初めて読む本のように思えた。孤児アンを引き取って育てることになったマリラが、だんだん母親的な愛情にめざめていく姿に涙腺が緩んだ。また、アンが友達と一緒に物語クラブを結成して創作活動を始めたり、小舟に乗って漂う白百合姫ごっこをする場面では、その行動力に「負けた！」と思った。

『あしながおじさん』の主人公ジュディにも惹きつけられた。親切な紳士「あしながおじさん」のおかげで大学へ進んだジュディは、自らの文才を自覚し、小説家をめざすようになる。最後にジュディは、小説には自分のよく知っていることを書くべきだ、という真理に気づく。

「ラアゲ、この二冊も面白かったよ」

ラアゲは国語科研究室に遊びに来てはくれない。たまに廊下ですれ違っても挨拶を交わす程度だ。俺が本を返すことができたのは、やはり授業の直後の休み時間だった。

「よかったです。アンのどんなところが面白かったですか？」

「マリラが愛情豊かな人になっていくところ。それから、マシューおじさんが死ぬ前日にアンに言い残した言葉。あれには感動しちゃったよ」

「それじゃ、まだ深く読んだとは言えません。『あしながおじさん』はどうでした？」

「ジュディが、小説に何を書くべきかを学んだところかな」

「よし。今の感想なら七十点をあげます」

ラアゲは俺の担任になったかのような、大人びた笑みを浮かべた。この少女は、いったい俺に何を読み取らせようとしているんだろう。

　一日の仕事が全部終わると、帰る前に図書室に寄るようになった。今まで「こんなの少女向けの読み物だ」と見向きもしなかった本を手にとってみる。『少女パレアナ』、『ハイジ』、『愛の一家』、『町からきた少女』……。どのページにも、ちゃんと血の通った人物が描かれている。少女たちは気高く、それを見守る大人たちは欠点を持ちながらも魅力的だ。俺は、本のてっぺんの埃をティッシュで丁寧に拭いてから、本棚に戻した。

　その後、ラアゲはときどき少女漫画を貸してくれるようになった。羽海野（うみの）チカの『ハチミツとクローバー』を読んだあとで「面白かったよ」と言うと、ラアゲは「やっぱり先生は深く読んでいない」と苦笑した。

だが、こんなふうに本について語り合うのは数か月に一度。俺はときどき廊下の隅にたたずむラアゲを見かけたが、そこには一人を楽しんでいるような風情があり、なかなか声をかけられなかった。一度、ラアゲがある男子と話し込んでいる姿も見かけたし、ラアゲが一緒に行動する女子の顔ぶれが変わった時期もあった。だが、しばらくするといつものラアゲに戻っていた。三年生になると、ラアゲが本を貸してくれることはなくなった。それでも俺の図書室通いは続いた。

卒業式を目前にしたある午後、ラアゲは大学合格を知らせに、国語科研究室へ来てくれた。「おめでとう」と拍手すると少女は照れ笑いを浮かべた。

「珍しい。国語科に来てくれるなんて初めてじゃん」

「いいえ。前にも来ました。『赤毛のアン』を持ってきたときには、先生はいらっしゃいませんでしたからね」

「そうか。あのときはいなくてごめん」

本当は「貸してくれた本から、俺は何を読み取れば良かったの?」と聞いてみたかったが、やめておいた。ラアゲは急に真面目な顔になった。

「先生、ポーターの『スウ姉さん』だけは読まないでくださいね」

おかしい。今までは本を読めと言い続けていたのに、最後になって「読まないで」と言うなんて。

だが、ここでやっと気づいた。すでに俺は図書室で『スウ姉さん』を読んでいた。スウ姉さんは、父や弟妹の生活をささえるために、ピアニストになるという夢をあきらめるのだ。

すべては『山月記』の李徴につながっていた。ラアゲが貸してくれた本の主人公は、みんな芸術家だ。アンは物語や詩を書くことに打ち込み、ジョーやジュディは小説家になろうと悪戦苦闘する。『ハチミツとクローバー』の主人公・はぐみは、絵や彫刻を生み出すことに命をかけている。

ラアゲは俺に「先生も、ジョーやジュディたちのようにプライドを持って自分の作品を作り続けてください。自分の夢である創作活動を自虐ネタにして、笑って逃げないでください」と言いたかったのだろう。それが、最初に声をかけてくれたときから一貫して、俺に伝えようとしていたメッセージだったのだろう。

部屋を出ようとするラアゲを呼びとめた。

「いつかラアゲのことをエッセイに書いてもいいかな？」

「もちろんいいですよ」

「じゃ、ラアゲじゃなくて『Rさん』と書くよ。ほら、今は個人情報保護とか、いろいろあるから」

「いえ、ラアゲで大丈夫ですよ。ラアゲっていうあだ名は、ちばさと先生専用です。私、腹心の友には、一人ひとりに別々の名前で呼んでもらっているんです。他の誰にもこのあだ名は使っていませんから、ラアゲと書いていただいても、私のことだと気づく人は、まずいないでしょう」

そういうわけで、ここではラアゲと書いた。

今でも彼女は日に焼けた文庫本を持ち歩いているだろうか。

夕風はページをめくりまためくる『アンの友達』を窓辺に置けば

『今日の放課後、短歌部へ!』(KADOKAWA)より

もっと読みたい

公立高校の国語教員として働く「ちばさと」は、歌人でもある。高校生や教員たちと関わりを持つ中で、一人の創作者としての矜持も浮き彫りになる。語りかけるような親しみ深い文体で書かれたエッセイと、それぞれの青春の時間が凝縮した短歌で構成された、詩情あふれる一冊である。

自分のことを「ラアゲ」と呼ばせる少女は、日に焼けた古い本を「真ん中のほうはほんのりと白いでしょ。そこに光が集まっているような気がして、好きなんです」と言う、繊細な感性の持ち主。自分が読んだ本を「ちばさと」に課題図書のように次々に与える。その真相がわかったとき、じわりと感動する。「ライバルは夏目漱石」に登場する「おしゃれ系少年」の「K」もまた、文学を通じて先生と対峙する。彼らとの交流が自ずと青春期の読書案内となる。小説の人物と実在の人物が響き合い、読後に温かな希望が残る。前任の中学校時代のことを描いた『飛び跳ねる教室』と併せて読みたい。（東）

もっともっと読みたい

千葉聡『短歌は最強アイテム』（岩波ジュニア新書）

桜丘高校に赴任した「ちばさと」は、担任としても歌人としても大苦戦。救ってくれたのは生徒たちだった。学校の日々を綴る短歌エッセイ。

茨木のり子『詩のこころを読む』（岩波ジュニア新書）

いい詩には、人の心を解き放ってくれる力がある。現代詩の第一人者が、忘れがたい詩を集め、その魅力を、情熱をこめて語ってくれる。

佐藤文香 編著『天の川銀河発電所 Born after 1968 現代俳句ガイドブック』（左右社）

気鋭の俳人である佐藤文香が選んだ俳人の秀句を「おもしろい」「かっこいい」「かわいい」の章ごとに配列。いちばん新しい俳句アンソロジー。

青春文学エッセイ❹

心の経験値

東 直子

義務教育を抜け、高校、大学生と、学校が上がっていくほど、学校が楽しくなってきた。高校生のときは「園芸生物部」というクラブに入り、動植物がますます好きになった。畑を耕して野菜を育てたり、アヒルを卵から孵化(ふか)して育てたり。この経験は、この本でも紹介していただいた『トマト・ケチャップ・ス』という小説の中に生かすことができた。

小説家になると、自分の経験がとにかくなんでも生かせる、という喜びができる。逆にいうと、どんなに辛(つら)い思いをしても、くそう、この経験を必ず役立ててやるぞ、とファイトが湧いてくるのである。もしかしたらこの発想の転換は、小説家でなくても持っていて損はない感情ではないかな。逆境を糧(かて)にする気持ち。辛さの底から、光を見据える気持ち。胸をしめつける心境を、言葉にかえていくことで見えてくる気持ち。自分の気持ちをいろいろな角度から見直してみることで、とても楽になれるし、エネルギーも湧いてくるだろう。

本を読むと、自分と同じような人、あるいは、ものすごくかけ離れた境遇にある人が、それぞれの時間と場所で、真剣に目の前のことを考えている。私たちは、本を読んでいる間中、主人公たちの人生を追体験しながら共有するのである。ときには、100年前の青春時代を一緒に味わうことだってある。過酷な戦争をくぐり抜けた青春もあるし、未来や幻想の国の青春もある。本の中で私たちの心は自在に変化する。

そして、本を閉じると現実に戻る。本の中の世界は、現実とは違う、別世界。決してまじりあうことはないが、本を読む前と読んだ後では、心はきっと変化している。経験値の増した心は、現実が少し違って感じられるのではないだろうか。今日をよりよく生きるために、昨日書かれた物語を読む。そのための、かけがえのない1冊に出会えますように。

❊ あとがき ❊

高山実佐

この世の中の身の回りのものごとは、目に入ったこと・耳に届いたことしかわからない。本当にきちんと見ていたのか、ちゃんと聴いていたのか。毎日を同じように繰り返しているると思っていても、友だちの雰囲気が変わっていたり、家族の表情が違っていたりする。空や雲、木々の葉、街の風景も変わっていく。どこかで何となく違和感をもつ。はっきりしない変化を受け止める不安は、自分一人だけの孤独感になり、漠然とした居心地の悪さを感じる。

起こった今日のできごとを、ああでもないこうでもないと考えると、相手や周囲の人たちは、何を考えていたのか、感じていたのか、わからない。自分が見たり聞いたりしたことから想像する、人の思いは当たっているのか、間違っているのか、何が本当なのか、わからない。悩ましい。たまたま起こった、あまりにもレアなできごとなのか、当然起こるべくして起こったできごとなのか、さらに悩ましい。だから、ポジティブに捉えて親指立ててOK！　と喜んでいいことなのか、深夜の布団の中で悶々と悩んで、明日何かしらのフォローをするべきことなのか、一体どうしたらいいのか、ぐるぐるぐる悩ましい。けれど、そんな悩ましさなど感じるヒマはなくて、授業を受けて、部活に行って、時計を気にしながらあーだ、こーだとがやがや過ごして（あるいはライバルよりコンマ〇一秒でも速くなろうと必死で練習して）、制服に着替えて、塾へ行って（あるいはバイトに行って）、帰宅して宿題をやって、みんなのSNSをチェックして、眠ることが一番の幸せ、でも、そろそろ進路面談が近いからいろいろ考えなくちゃ、という毎日が繰り返される。

寝不足気味の朝、ちょっと気になるクラスメートにばったり会って、今日の授業のこと、部活のことなどをお喋りすると今日は良い日だと思えてしまう。また、大切だと思っている友だちに、つい取り返しのつかないことばを言ってしまったとき、謝ることもできず、話しかけることもできず、ずっと思い続け、ギクシャクしたままで過ごしてしまう。その後、何かのタイミングで、勇気を出して「ごめん」と言えたときの嬉しさ、「いいよ」と言ってくれた友だちの笑顔は、一生忘れないと思えてしまう。

「青春」ってそういうものではないだろうか。

ここに挙げた作品には、主に、青春と呼ばれる世界を生きる中学生や高校生が描かれている。できごとの意味は何か、この人の思いは、考えはどうであるのか。「私」「ぼく」は、何を感じてどう考えていたのか、明らかになる。現実の世界では、知りたいけれど想像するしかない、目には見えないものがことばにされているのだ。

なるほど、そういうことなのか。

本を読むというのは、この世界やこの世界に生きる人間を知ることにつながるのだろう。一ページ目から悩ましいこと、よくわからないことにも出会い、人物と一緒に生きていく。喜び、嬉しさ、悲しみ、憤り……と名づけられるのだろう思いを一緒に感じる。現実の世界ではない、作品の世界を、いつのまにか自分とは違う人間として生きる。その世界には、更に違う人間の思いや考え、行動も書かれている。読み耽り、作品世界に浸りきって、いつの間にか時間が過ぎていく。それは、他者としてその世界を生きていく一つの経験であろう。作品のことばを追うと、周囲のものごとの一つひとつがくっきり描かれていることに気づく。ぼんやりした気分の原因になる周囲のありようが、鮮明な輪郭を帯びて存在している。自分のそばで起こっているできごとの具体、注意を向けていなかった、でも確かにそこにあるものごとに出会うことができるのだ。

＊

生きることに一番不器用で、悩みばかりが多く、苦しいときが青春期だとしたら、その中でクラスメートや部活の仲間と笑い合う時間は、きらきら輝く、いつまでもこのままでいたい、と思うものであるだろう。反対に、もう二度と顔を合わせたくない、消えてしまいたいと思う時間もあるだろう。そんな時間の一つひとつが、友だちとの会話が、目の前に浮かび上がり、いつのまにか巻き込まれる。かけがえのない時間が、「第1章　友よりも　〜友情を胸に」には詰まっている。

恋をすると世界が美しく見える、というのは本当だろうか。あるいは、他人に対して優しくなれるということは。そんなに単純なことではないだろう。異性への好意を素直に認められなくて、持て余す自分の心や、なぜ惹かれてしまうのか、そもそもこれは恋というものなのだろうか、整理できない気持ちばかりが膨れあがる。感覚だけが研ぎ澄まされていく。「第2章　わたしのことをすきなまんまで　〜恋のかたち」の世界はいかがだろうか。

大人になれば、人生の八〇年も九〇年も実はそんなに長くない、そんなに悪くない、とわかってくるという。が、気の遠くなるほどはるか昔の光を見ていた、と知った夜の星。それらとは比べようのない短い人生だとはわかっても、自分の生きるこの日々は頼りなく、おぼつかなく、先が見えない。精一杯注意深く周囲を観察したり、自分自身というものを見つめ直したりしても、生きていることの意味や「私」という人間などはそうそうつかめない。周りの大人たち、家族、友人たちは、悩まないのだろうか、いとも易々と楽しそうに嬉しそうに生きているように見える。どうすれば世界の中で「私」として生きていけるのだろうか。「第3章　（あなたはだれですか）　～私って何だろう」の「私」を読んでほしい。

　高校でクラス担任をしていたとき、誰もが「いい子」「いい奴」と評する、いつも周囲を思いやる、明るく活発な女子生徒が斜め前三〇㎝位を見たままで口をきかなくなってしまった。一人、図書館で勉強しているところに、「何か話せることがあったら……」と声を掛けることしかできなかった。ずいぶん経ってから、両親の諍（いさか）いに耐えられなかったことを話してくれた。自分のいのち同様、生まれたときから選択できない家族というもの。毎日が続いていれば無邪気に笑うことができた幼い頃とは違い、血のつながった一番身近な他者だと思いやることができるまで、どれ程のやりきれなさ、違和感、苛立ちを感じ続けることだろう。それでも家族はここ、「第4章　この家に生まれ　～家族がいるから」にある。

　いま・ここがすべてで、明日も今日と同じようにやって来るはずであっても、そのすべては一つひとつ、みな違う。想像したこともなかった状況が世界にはある。かつて高校生を引率して修学旅行で沖縄に行った。アブチラガマ（糸数壕）の真っ暗闇の中で、第二次世界大戦中のそのガマでの体験を語ってもらった。普段賑やかすぎるクラスの全員が、静まりかえり、神妙にその声を聴いていた。学年一の「やんちゃ」な生徒が「机に座って先生の話を聞くだけの学校の勉強って何？って思うよ」と話しかけてきた。七〇年程前のその日々が、間違いなくここであったこととして蘇ってくるオジイ（老翁）の語りだった。広い未知の状況を一つひとつ自身が体験することは難しい。「第5章　世界の隅に　〜さまざまな状況を生きる」では、時を超え、聞いたこともない場所を知るだろう。そこで、どのように生きるのか、生きたのか、思いをめぐらせずにはいられないだろう。

夢の実現に向けて進んでいく生き方は周囲の人も元気にする。夢を持つ人の眼差しは真っ直ぐで美しい。憧れてしまう。でも、「夢は何ですか」と問われることが苦手だと言うのもよくわかる。自分の本当にやりたいこと、夢をわかっている幸せは、だれもが持っているわけではない。ある日目の前に現れた人や突然のできごとに大きな影響を受けたり、これまでは思いもよらなかったことをいつの間にか始めていたり、という未来もある。これからを、明日からを、どう作っていくのか。「第6章　どこまでも行く　〜未来に向けて」は参考になるだろう。未来に向かって自由に進むことができますように。

＊

青春はどのように描かれているのか、人はその中でどんなことばを口にしているのか、自分の今をどんなことばで表しているのか。魅力的な読書案内、作品紹介がたくさんある。

小説を語ることばから、その作品を読んでみたいと思う。ちょっと覗いてみようと思う。この本でも各作品末に、現役高校教師の千葉聡さんがブックガイドを付けている。さらなる青春文学の世界に出会ってほしい。

また、各章ごとに、テーマに関連した詩歌を挙げている。青春という世界の中で詩人・歌人・俳人は、恋や自分や未来や……をどのように見つめているのか、どのようなことばで語っているのか。編者である歌人二人の選んだ一つひとつが、さらに新しい青春の扉を開けてくれるだろう。表紙の装丁は、東直子さんが、採録した作品全体と「心に風が吹いてくる」のタイトルから、イメージを描いている。読んでくれた皆さんの心に、豊かで爽やかな風が吹き渡りますようにという願いが絵になっていると思う。四編の書き下ろしエッセイとともに青春文学の素晴らしさを感じてくれたら嬉しい。

今回、収録の許可をいただいた作品はどれも、描かれたことばを直接読んでほしいと選んだものである。長編の作品から収録する部分をどこにするかは、それこそ悩ましかった。どこを取り上げても、残した部分が気になって仕方がなかった。それでも、この部分のことば、一言・一行に直接出会ってほしい、読んでほしいと思って選んだ。是非、ここに挙げた部分の前後、全編を読んでほしい。そして、お気に入りの人物や心に残したいことばを見つけてほしい。作品解説を読んだり、ブックガイドの本を読んだり、この本を手に取った誰かと、どんな世界のことば、誰のことばが気になったのか、話したりしてみてほしい。そこからまた楽しさが広がるのではないだろうか。

青春期ただ中の中学生・高校生の皆さんに、そして、青春とは年齢による呼称ではないと気づいている大人の皆さんに、すぐに元気にはなれなくても明日は何か良いことがあるかもしれない、生きることは大変ではあるけれど素晴らしいことがあるにちがいない、受け止めきれないできごともいつかは穏やかな思い出に変わるでしょう、そんな編者一同の思いが届けば嬉しい。

本書が、豊かな本の世界、ことばとの出会いになりますように。

作品の一部分を掲載することを許可してくださったみなさん、詩歌を収めることにご協力くださったみなさん、本当にありがとうございました。この本をつくりあげるために初めから最後まで、常に支えてくださった三省堂の樋口真理さんに、編者一同、心からの感謝を捧げます。

著訳者略歴

東 直子 ―ひがし・なおこ
（「編者略歴」参照）

朝井リョウ ―あさい・りょう
一九八九年、岐阜県生まれ。小説家。大学在学中に『桐島、部活やめるってよ』で小説すばる新人賞受賞。二〇一三年、『何者』で直木賞を受賞。両作は映画化された。『チア男子!!』は漫画化、アニメ化された。

森 絵都 ―もり・えと
一九六八年、東京都生まれ。児童文学作家・小説家。デビュー作『リズム』は数々の児童文学賞を受賞。『カラフル』『DIVE!!』は共に映画化された。二〇〇六年、『風に舞いあがるビニールシート』で直木賞受賞。

佐藤多佳子 ―さとう・たかこ
東京都生まれ。児童文学作家・小説家。『一瞬の風になれ』（三部作）で本屋大賞、吉川英治文学新人賞を受賞し、作品はテレビドラマ化、漫画化された。『しゃべれどもしゃべれども』は映画化された。

最果タヒ ―さいはて・たひ
一九八六年生まれ。詩人・小説家。第一三回中原中也賞、第三三回現代詩花椿賞受賞。詩集に『グッドモーニング』『空が分裂する』『夜空はいつでも最高密度の青色だ』など。

宮下奈都 ―みやした・なつ
一九六七年、福井県生まれ。「静かな雨」が文學界新人賞佳作に入選し、デビュー。二〇一六年、『羊と鋼（はがね）の森』で本屋大賞受賞、作品は映画化された。他に『誰かが足りない』など。

山田詠美 ―やまだ・えいみ
一九五九年、東京都生まれ。小説家。『ベッドタイムアイズ』で文藝賞を受賞しデビュー。『ソウル・ミュージック・ラバーズ・オンリー』で直木賞受賞。他に、『風葬の教室』、『風味絶佳』など多数。

古井由吉 ―ふるい・よしきち
一九三七年、東京都生まれ。小説家。一九七一年、「杳子」で芥川賞を受賞。他にも『仮住生伝試文』（読売文学賞）など受賞多数。『栖（すみか）』、『槿（あさがお）』、『白髪の唄』などで現代文学をリードした。

吉田修一 ―よしだ・しゅういち
一九六八年、長崎県生まれ。「最後の息子」で文學界新人賞を受賞。「パーク・ライフ」（芥川賞）、『悪人』（大佛次郎賞）など受賞多数。『パレード』『横道世之介』などは映画化もされている。

斉藤 倫　—さいとう・りん
一九六九年生まれ。主に詩と子ども向けの本を書いている。詩集に『手をふる手をふる』(あざみ書房)、物語に『どろぼうのどろぼん』(福音館書店)など。

綿矢りさ　—わたや・りさ
一九八四年、京都府生まれ。高校在学中に「インストール」で文藝賞を受賞し、小説家デビュー。大学在学中に『蹴りたい背中』で芥川賞受賞、ミリオンセラーとなる。『インストール』『勝手にふるえてろ』は映画化された。

湯本香樹実　—ゆもと・かずみ
一九五九年、東京都生まれ。作家。『夏の庭—The Friends—』は日本児童文学者協会新人賞、児童文芸新人賞を受賞し、映画化・舞台化され、十数ヵ国で翻訳された。他に『くまとやまねこ』『春のオルガン』『岸辺の旅』『夜の木の下で』など。

穂村 弘　—ほむら・ひろし
一九六二年、北海道生まれ。歌人、批評家、エッセイスト、絵本の翻訳家。連作歌集『シンジケート』でデビュー。ニューウェーブ短歌の騎手として注目される。エッセイ集『鳥肌が』で講談社エッセイ賞受賞。

江國香織　—えくに・かおり
一九六四年、東京都生まれ。小説家、児童文学作家、翻訳家、詩人。童話作家としてスタートし、小説『きらきらひかる』で紫式部文学賞受賞、映画化もされた。二〇〇四年、『号泣する準備はできていた』で直木賞受賞。

イリーナ・コルシュノフ
一九二五年—二〇一三年。ドイツを代表する人気作家。幼児や低学年向けの作家としてスタートしたが、『だれが君を殺したのか』(一九七八)以来、思春期の子供たちの悩みや生き方をテーマとした作品を次々と発表した。

石川素子　—いしかわ・もとこ
一九六二年、東京都生まれ。翻訳家・立教大学他非常勤講師。『初版グリム童話集1〜5』の他、『ティナのおるすばん』『おやすみ、くまくん』など、多くのドイツの児童書を翻訳している。

吉原高志　—よしはら・たかし
一九五三年生まれ。翻訳家・関東学院大学教授。訳書に『初版グリム童話集1〜5』『少年の魔法の角笛　童唄之巻』『空のない星』『およげ、ぼくのコイ』などがある。

柚木麻子　—ゆずき・あさこ
一九八一年、東京都生まれ。「フォーゲットミー、ノットブルー」でオール讀物新人賞受賞。同作を含む初の単行本『終点のあの子』で高評価を得る。『嘆きの美女』『ランチのアッコちゃん』はテレビドラマ化された。

三浦しをん　―みうら・しをん

一九七六年、東京都生まれ。小説家、エッセイスト。二〇〇六年、『まほろ駅前多田便利軒』で直木賞受賞。『舟を編む』で本屋大賞を受賞し、『風が強く吹いている』『神去なあなあ日常』とともに映画化されている。

藤谷 治　―ふじたに・おさむ

一九六三年、東京都生まれ。『アンダンテ・モッツァレラ・チーズ』で作家デビュー。代表作の青春音楽小説『船に乗れ!』は舞台化された。二〇一四年、『世界でいちばん美しい』で織田作之助賞受賞。

ジョン・グリーン

一九七七年生まれ。アメリカの小説家、YouTube ビデオブロガー、歴史家、批評家。『さよならを待つふたりのために』はベストセラーとなり、映画化された。『ペーパータウン』でエドガー賞を受賞、その後、映画化された。

金原瑞人　―かねはら・みずひと

一九五四年、岡山県生まれ。翻訳家・児童文学研究家・法政大学社会学部教授。『ペーパータウン』『青空のむこう』など、英米のヤングアダルト小説の翻訳作品が多数あるほか、古典やノンフィクションの翻訳もてがけている。

竹内 茜　―たけうち・あかね

一九八五年、東京都生まれ。翻訳家。『さよならを待つふたりのために』が初の訳書。

瀬尾まいこ　―せお・まいこ

一九七四年、大阪府生まれ。二〇〇一年「卵の緒(お)」で坊っちゃん文学賞大賞を受賞し、作家デビュー。『幸福な食卓』で吉川英治文学新人賞、映画化された。

小川 糸　―おがわ・いと

一九七三年生まれ。小説家、作詞家、翻訳家。二〇〇八年に『食堂かたつむり』で小説家デビュー、同作はベストセラーとなり、映画化された。『つるかめ助産院』『ツバキ文具店』はテレビドラマ化されている。

千葉 聡　―ちば・さとし

(「編者略歴」参照)

初出一覧

トマト・ケチャップ・ス……「esora 09」二〇一〇年三月（講談社）
桐島、部活やめるってよ……二〇一〇年、集英社より単行本として刊行。
つきのふね……一九九八年、講談社より単行本として刊行。二〇〇五年、文庫化にあたり改版。
一瞬の風になれ……二〇〇六年、講談社より全三巻の単行本として刊行。
スコーレNo.4……二〇〇七年、光文社より単行本として刊行。
賢者の皮むき……「新潮」一九九二年八月号（新潮社）
杏子……「文藝」一九七〇年八月号（河出書房新社）
Water……「文學界」一九九八年八月号（文藝春秋）
亜美ちゃんは美人……「文學界」二〇一一年七月号（文藝春秋）
ポプラの秋……一九九七年、新潮社より新潮文庫の書き下ろし作品として刊行。二〇一五年改版。
世界を覆す呪文を求めて……二〇〇〇年、小学館より刊行された単行本『短歌という爆弾—今すぐ歌人になりたいあなたのために—』の終章として収録。
弟……「小説新潮」一九九三年五月号（新潮社）（改題）
ゼバスチアンからの電話……一九九〇年、福武書店より単行本として刊行。二〇一四年新版を白水社より刊行。
本屋さんのダイアナ……二〇一四年、新潮社より単行本として刊行。
神去なあなあ日常……二〇〇九年、徳間書店より単行本として刊行。
船に乗れ！　I　合奏と協奏……二〇〇八年、ジャイブより単行本として刊行。
さよならを待つふたりのために……二〇一三年、岩波書店より単行本として刊行。
戸村飯店青春100連発……二〇〇八年、理論社より単行本として刊行。
つるかめ助産院……二〇一〇年、集英社より単行本として刊行。
ジョー、ジュディ、アンの友達……「小説すばる」二〇一二年二月号（集英社）

❀ この本について

◇2016年の冬、編者3人が集まり、「若い人たちや、青春文学を求めている読者に向けた文学アンソロジーをつくろう」と話し合いを始めました。それぞれに候補作品を提出し、複数回の編集会議を経て、収録作品を決定しました。
◇このように選ばれた中から、作者ご本人の承諾をいただけた作品を本書に収録し、それぞれに編者が解説を付しました。
◇収録のご許可をくださった作者の方々に、心より御礼申し上げます。

❀ 編者略歴

高山実佐　―たかやま・みさ

國學院大學文学部准教授。1962年、東京都生まれ。1985年、学習院大学文学部卒業。2011年、早稲田大学大学院博士後期課程満期退学。東京都立荒川商業、高島、足立工業、広尾、墨田川高校国語科教諭を経て現職。著書に『中学校・高等学校国語科教育法研究』『文学の授業づくりハンドブック』『中学校・高等学校「書くこと」の学習指導』など。三省堂高等学校国語教科書『明解国語総合』『明解現代文B』編集委員。全国大学国語教育学会、日本国語教育学会、国語教育史学会、日本文学協会等の会員。國學院大學国語教育研究会顧問。

東 直子　―ひがし・なおこ

歌人、作家。1963年、広島県生まれ。1996年、「草かんむりの訪問者」で第7回歌壇賞受賞。2016年『いとの森の家』で第31回坪田譲治文学賞受賞。歌集に『春原さんのリコーダー』『十階』など。小説に『とりつくしま』『さようなら窓』『晴れ女の耳』、エッセイ集『千年ごはん』『七つ空、二つ水』、評論集に『短歌の不思議』、共著に『回転ドアは、順番に』、『あめ ぽぽぽ』、共編著に『短歌タイムカプセル』など著書多数。歌誌「かばん」会員、現代歌人協会理事、「東京歌壇」「NHK短歌」などの選者。イラストレーションも手がける。

千葉 聡　―ちば・さとし

歌人、横浜市立桜丘高等学校教諭。1968年、神奈川県生まれ。1991年、東京学芸大学教育学部卒業、2001年、國學院大學大学院博士課程後期満期退学。1998年、第41回短歌研究新人賞受賞。歌集歌書に『微熱体』『飛び跳ねる教室』『今日の放課後、短歌部へ！』『短歌は最強アイテム』など。共編著に『短歌タイムカプセル』がある。歌誌「かばん」、現代歌人協会、日本文藝家協会会員。國學院大學、日本女子大学兼任講師。三省堂高等学校国語教科書『明解国語総合』『明解現代文B』編集委員。作曲も手がける。

編集協力：山崎由加利

心に風が吹いてくる
青春文学アンソロジー

第１刷発行　2018年 8月 10日

編　者　　高山実佐　東直子　千葉聡
発行者　　株式会社三省堂
　　　　　代表者　北口克彦
印刷者　　三省堂印刷株式会社
発行所　　株式会社三省堂
　　　　　〒101-8371 東京都千代田区神田三崎町二丁目22番14号
　　　　　電話　編集（03)3230-9411　営業（03)3230-9412
　　　　　http://www.sanseido.co.jp/
DTP　　　開成堂印刷株式会社

落丁本・乱丁本はお取り替えいたします。

Printed in Japan
ISBN978-4-385-36234-2
〈青春文学アンソロジー・256pp.〉